平凡
647

一冊でわかる古事記

武光誠
TAKEMITSU MAKOTO

HEIBONSHA

一冊でわかる古事記●目次

下巻

はじめに

『古事記』は、日本最古の歴史書である。そこには多くの神話や伝説が記されている。私たちがよく知る「いなばの白兎」や「やまたのおろち退治」の話は、『古事記』に書かれたものである。人間が主人公の時代になると、さらに興味深い多くの英雄が出てくる。大和を平定した伊波礼毘古命《いわれびこのみこと》、日本の各地に遠征した倭建命《やまとたけるのみこと》。それに海を渡ってはるか遠くの朝鮮半島の国々を従えた神功皇后《じんぐう》。

『古事記』には、私たちが胸躍らすような冒険物語が多く出てくる。だが『古事記』の登場人物がすべて、むやみに人間や動物を傷つけない優しい人びとであることに注目したい。

大国主神《おおくにぬしのかみ》は、毛をむしられて困っていた兎を助けた。倭建命《やまとたけるのみこと》や神功皇后《じんぐう》は、正面からの決戦をなるべく避けながら敵を従えた。

物部大前宿禰《おおまえのすくね》と小前宿禰《おまえのすくね》の兄弟が武装した敵の軍勢を前に、二人並んで丸腰で面白おかしく踊って戦いを避けた話がある。このような物語に出会って、心が癒される方も少なくあるまい。

本書はわかりやすい形で、読者に『古事記』の世界を紹介する本である。本書を通して読めば、『古事記』の全体の姿がみえてくるようになっている。『古事記』には興味深い内容の和歌が多く出てくる。そしてそれらを中心に歌物語が構成されている。和歌は難しい古代語で書かれているが、そこから古代人のおおらかな気持ちが伝わってくる。

本書では、『古事記』の和歌を知ってもらうために、それらを七音、七音、七音、五音になるように現代語訳した。七音、七音、七音、五音は、都々逸《どどいつ》の節になる。古代の和歌を直訳ではなく、多少の意訳も含めてリズムのよい詩にしてみたのである。読者の方々に古代の物語とともに、古代の和歌を楽しんでいただければ幸いである。

私はこのあと、東京堂出版から『古事記』全文の現代語訳を出すことになっている。そちらもあわせて読むと、より深く『古事記』を理解して頂けると存じる。

平成二四年六月

武光誠

上巻

神々の物語

一　神々の誕生

（本文の訳文）

はるか昔の出来事。天地がはじめて生まれたときのことである。天にある高天原《たかまがはら》という空の上の神聖な土地に、私たち人間を見守ってくれる神さまたちが姿を現わされた。最初に出現した神の名前を、天之御中主神《あめのみなかぬしのかみ》という。この神名は、「天の中心にいて天を治める神」と「片寄りのない中庸の正しい心をもつ神」という、二つの意味がある。

次に高御産巣日神《たかみむすひのかみ》、さらにそのつぎに神産巣日神《かみむすひのかみ》が姿をみせられた。この神々は一対で、天之御中主神《あめのみなかぬしのかみ》を補佐する役を務める。これらの神名は、「あらゆる生命を生み出し、すべての生き物の繁栄を願い見守る神」という意味である。天地ができたあと、そこに住む生命をつくる「産《むすひ》」の力をもつ神が現われたのであった。

これまでに記した三柱の神は、いずれも男性の心と女性の心とをともにもつ独神《ひとりがみ》であ

神の体の大きさの変化

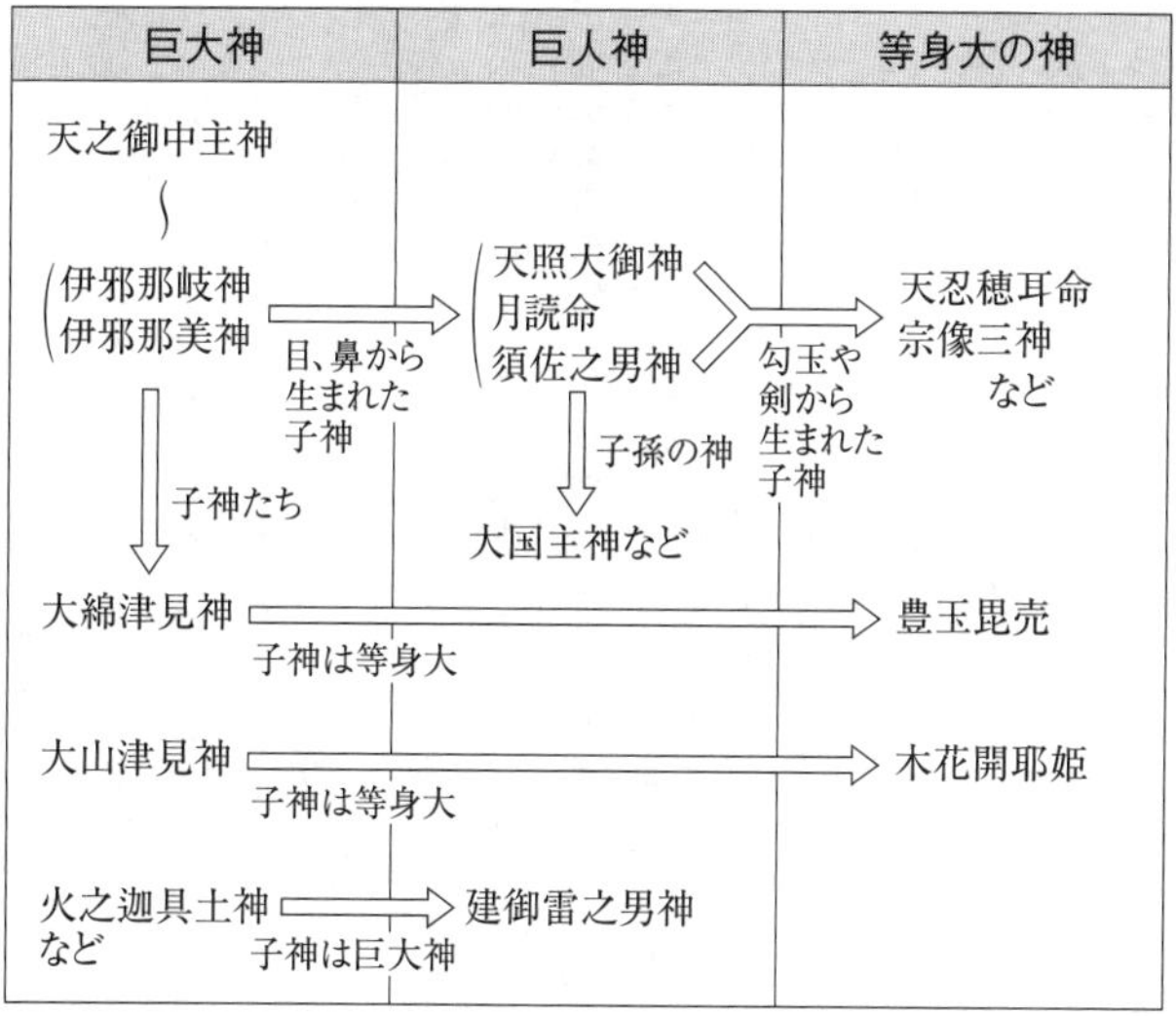

※巨人神が人間の50倍、巨大神が巨人神の50倍の体をもつとすると、巨人神は約8m、巨大神は約4000mの身長になる。

った。これらの神々は人間の前には姿をみせないが、さまざまな形で、人びとを見守る尊い神さまである。

解説

1　造化三神と巨大神の時代
『古事記』のこの部分は、最初に現われた神々について記したものである。天之御中主神《あめのみなかぬしのかみ》、高御産巣日神《たかみむすひのかみ》、神産巣日神《かみむすひのかみ》の三柱は、「造化三神《ぞうかさんしん》」と総称される。
造化三神などは、古代の日本人の信仰の対象となったわけではなく、神話のなかの観念的な神であった。

造化三神から伊邪那岐神《いざなきのかみ》、伊邪那美神《いざなみのかみ》にいたる神々は、とてつもなく巨大な神だと考えられていたらしい。そのことは伊邪那岐神《いざなきのかみ》、伊邪那美神《いざなみのかみ》が天之沼矛《あめのぬぼこ》を天から下ろして、島をつくったとする記事（一九頁参照）からわかる。

しかし神の子孫だとされる天皇は、人間と同じ姿をしている。巨大神の子孫である天皇が、人間になったのであろうか。この疑問を解くために、『古事記』などは巨大神が途中で巨人神にかわり、さらに等身大の神になったとする神話をつくったとみられる。

伊邪那岐神《いざなきのかみ》の禊《みそぎ》のときに、伊邪那岐神《いざなきのかみ》の目と同じ大きさの天照大御神《あまてらすおおみかみ》、月読命《つくよみのみこと》、須佐《すさ》之男神《のおのみこと》の巨人神が生まれた。そして天照大御神《あまてらすおおみかみ》と須佐之男神《すさのおのみこと》が誓約をしたときに、勾玉《まがたま》と剣の一部分から天忍穂耳命《あめのおしほみみのみこと》らの等身大の神が誕生した。

『古事記』などの神話は、このように読み取れるのではあるまいか。ただしこれはあくまでも私の解釈で、一つの説にすぎない。

想像もできないほど巨大な神の活躍は、人間に縁遠いものであった。しかし巨木ていどの身長の須佐之男神《すさのおのみこと》や大国主神《おおくにぬしのかみ》のはたらきは、比較的人間に身近なものとなった。そしてそのあとに、等身大の神が人びとを指導するようになった。

古代の日本人は、このように考えていたのではあるまいか。

2　神の名前の意味

現代人の名前は、個人と個人とを区別する符号のように使われている。しかし『古事記』に出てくる神の名前は、そのような現代的な名称とは異なる、重大な意味をもつものであった。

古代人は「言葉には物事を動かす力がある」とする、言霊《ことだま》信仰をもっていた。そのために、個々の神の名前はそれぞれの役割を示す重要な名称と考えられていた。天之御中主《あめのみなかぬしの》神《かみ》の名前をもつ神さまは、世界の中心で万事をとりしきる能力をもつ。高御産巣日神《たかみむすひのかみ》と神《かみ》産巣日神《むすひのかみ》は、人間や動物が楽しい生活を送れるように見守り、かれらを繁殖させる力をもつ。このように考えられたのである。

3　神と祖霊信仰

「日本の古代人は、どのような神観念をもっていたのであろうか」

この問題を明らかにしない限り、『古事記』などの神話を正確に読み解けない。

精霊崇拝と神

世界は平等な霊魂の集まり（●は霊魂）

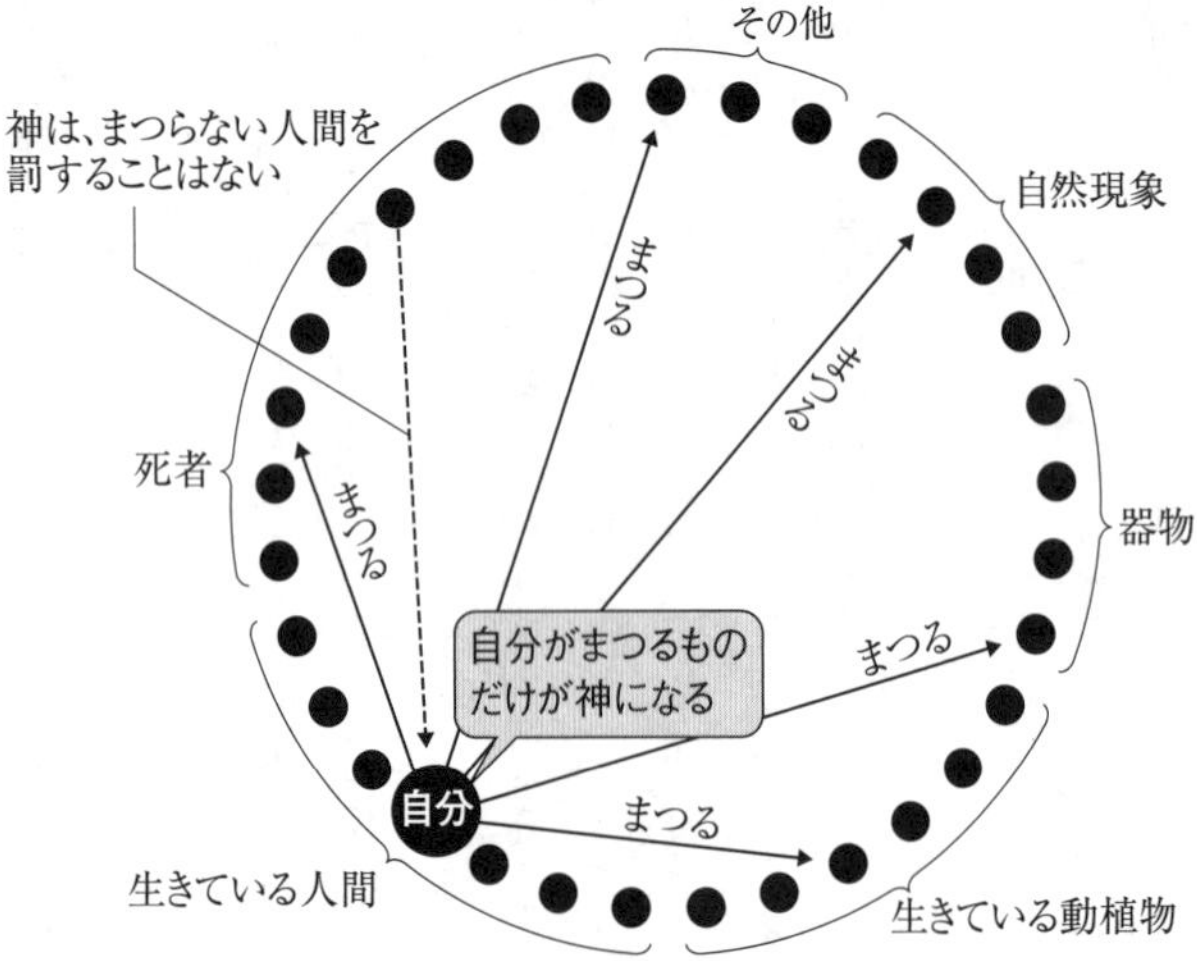

そして『古事記』などの古代の文献を読んでいくと、古代の日本人が、「おまつりすれば、さまざまなご利益を授けてくれるもの」を神と考えていたことがわかってくる。この発想は、現代の神道と大してかわらない。
神とは、霊魂が集まったものとされていた。縄文時代の日本人は、あらゆる生き物、自然物などが霊魂をもつ精霊崇拝《せいれいすうはい》（アニミズム）の考えをとっていたとみられる。
そして弥生時代にそれが、亡くなった人間の霊魂を重んじる祖霊《それい》信仰へとかわった。弥生人は集落を単位に田畑を開いて、農業を営んでいた。

かれらは自分たちの先祖の霊魂が、集落の近くの美しい山に集まって住んでいると考えた。先祖の霊魂たちは、さまざまな霊魂と力を合わせ、山の神、水の神、川の神などとなる。そして、自分たちの子孫に豊かな自然の恵みを授けているとされた。

この時代の祖霊信仰の場であったところにつくられた神社が、現在まで続いている例も多い。弥生時代中期にあたる一世紀なかば頃から、古代人は祖霊に「大国主神」などの名前を与えた。

このような祖霊信仰にもとづく霊魂の集まりとしての神が、巨大神であった。この神は、古代人がふつう想像できる範囲で最大の体をもつとされた。

大和朝廷が成立した三世紀はじめ以後に、首長霊信仰《しゅちょうれいしんこう》ができる。それは祖霊信仰を発展させたものであるが、その詳細はあとで説明しよう（一〇六頁参照）。

巨人神が古代人の身近な神であったのに対して、巨大神は神話のなかだけの存在であった。南方系の創世神話が日本に入ったときに、日本人は外来の物語の神を想像を超える巨大な神としたのである。

（物語の続き）

造化三神のあとに、宇摩志阿斯訶備比古遅神《うましあしかびひこじのかみ》と天之常立神《あまのとこたちかみ》が現われた。かれらも、造化三神と同じ別世界の神であった。

このあと神代七代の、巨大神がつぎつぎに出現した。七代のうちの二代目までが独神で、残りの五代が夫婦の神であった。

そして神代七代の最後の伊邪那岐神《いざなきのかみ》と伊邪那美神《いざなみのかみ》の夫婦が、日本列島とそこを守る巨大神たちを生むことになった。

二　淤能碁呂島の出現

（本文の訳文）

別天地の五柱の神と神代七代の十二柱の神が、これからの国づくりについて相談された。

そして話し合いの結果、伊邪那岐神《いざなきのかみ》、伊邪那美神《いざなみのかみ》に自分たちを代表して、日本の国土をつくらせることになった。

伊邪那岐神《いざなきのかみ》、伊邪那美神《いざなみのかみ》は、

「泥のようにふわふわ漂っている地上を固めて、しっかりした大地をつくりなさい」

という神々の祝福の言葉をいただき、天之沼矛《あめのぬぼこ》を授けられた。天之沼矛とは、勾玉のついた巨大な神聖な矛である。

伊邪那岐神《いざなきのかみ》と伊邪那美神《いざなみのかみ》は高天原《たかまがはら》と地上とをつなぐ天之浮橋《あめのうきはし》という梯子《はしご》にお立ちになり、沼矛を雲の上からふわふわした地上に突き刺された。沼矛で泥のような地上をかき回されてもち上げると、地上の潮が「こおろこおろ」と音を立て矛からしたたって島になった。これが淤能碁呂島《おのころじま》という、日本最古の島である。

伊邪那岐神《いざなきのかみ》、伊邪那美神《いざなみのかみ》は淤能碁呂島にお降りになり、その島の中心となる位置に神聖な柱を建てられた。柱ができると、それを心柱にした夫婦が生活する巨大な御殿をおつくりになった。このとき伊邪那岐神《いざなきのかみ》が、伊邪那美神《いざなみのかみ》にこう尋ねられた。

「あなたは、自分自身をどうお思いになられるか」

そうすると伊邪那美神《いざなみのかみ》は、

「私の欠点は、用心深く控えめなことです」

とお答えになった。これに対して伊邪那岐神《いざなきのかみ》が、このように言われた。

「私は勇気があって積極的だが、細かい気遣いに欠けるところがあります。これから二人でお互いの欠点を補い合い、助け合って生きていきましょう」

この言葉を聞かれた伊邪那美神《いざなみのかみ》は、大いに喜んで、

「おっしゃるとおりにしましょう」

とお答えになった。

そこで伊邪那岐神《いざなきのかみ》は伊邪那美神《いざなみのかみ》に、こう言われた。

「私とあなたが御殿の神聖な柱を別々の方向に巡って、出会ったところで結婚しましょう。そのためにあなたは右からお回りください。私は、左から回りましょう」

このようにして二柱の神は、右側と左側に分かれて柱を巡られた。そして出会ったときにまず妻の伊邪那美神《いざなみのかみ》が、

「ああ、なんとすばらしい若者だろう」

と声をかけられた。これに続いて夫の伊邪那岐神《いざなきのかみ》が、

「ああ、なんとすばらしい乙女《おとめ》だろう」

と応じられた。こう言われたあとで伊邪那岐神《いざなきのかみ》は、

「女性が先に声をかけたのは、失敗だったかもしれない」

と仰《おお》せられた。しかし二柱の神は、柱のそばで結婚されて蛭児《ひるこ》を生んだ。この子神は父母の意に添わない子供だった。そのため、伊邪那岐神《いざなきのかみ》と伊邪那美神《いざなみのかみ》は蛭児《ひるこ》を葦《あし》の茎を編んでつくった葦船《あしぶね》に乗せて、海に流された。伊邪那岐神《いざなきのかみ》、伊邪那美神《いざなみのかみ》はこのあと淡島《あわしま》を生んだが、この子供も二柱の神の子供の数に入れられなかった。

解説

4　柱を回る意味

古代の日本に、男女が別々の方向に柱を回って出会ったところで求婚の言葉をかけ合う習俗があったと考えられる。現在でも、中国南部やインドには、男女が柱などの反対側がみえないもののまわりを回る習俗が残っている。

中国の雲南省《うんなんしょう》の苗族《ミャオぞく》には、春まつりに豊穣《ほうじょう》の柱を山の上に立てる習俗がみられる。結婚する男女は、その柱の周囲を別々に回る儀式を行なうことになっている。

古代には柱を回る結婚の儀式が、広く分布していた。その儀式が弥生時代なかばにあた

る紀元前一世紀の末に、江南（中国の揚子江下流域）の航海民によって日本にもち込まれたのではあるまいか。この時期の北九州には多くの南方系の文化がもち込まれている。銅鏡を用いる祭祀は、その代表的なものである。

男性の神が左から柱を回り、女性の神が右から柱を回ったとする記述は、中国の男尊女卑の考えをふまえたものとみられる。古代中国では、左回りは天《てん》の回り方、右回りは地《ち》の回り方とされていた。そしてより高貴な者が、天の回り方をすべきだとされた。

第一の一書と呼ばれる『日本書紀』の異伝には、つぎのように記されている。

柱の回り方

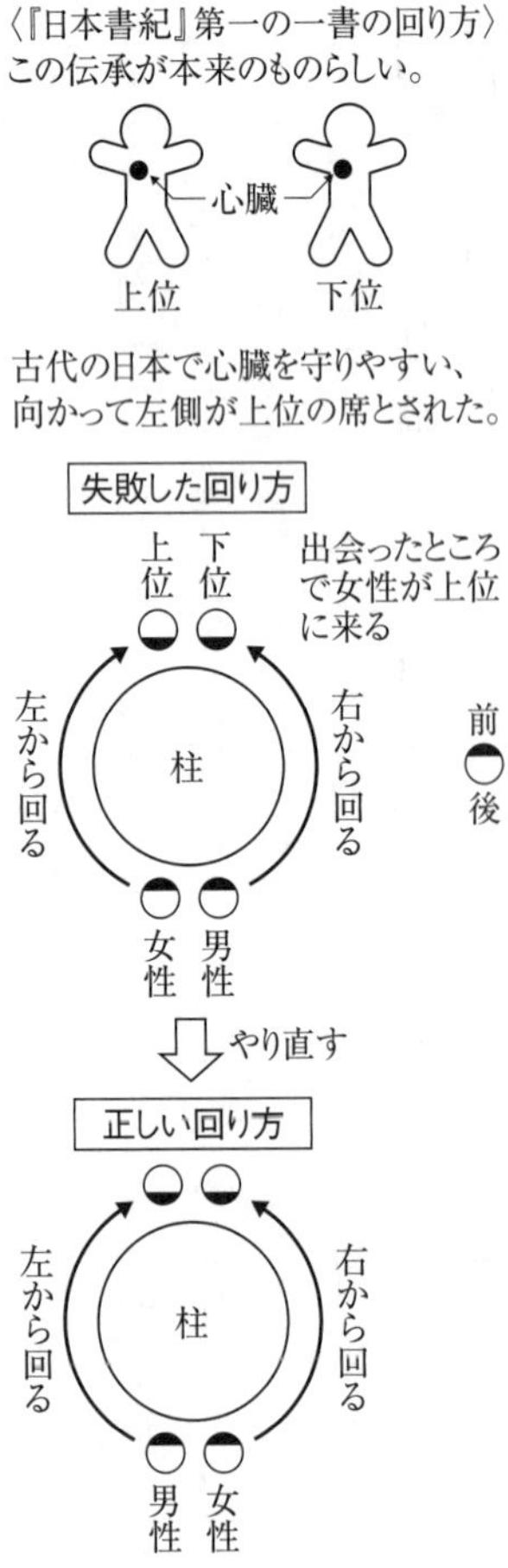

「伊邪那岐神《いざなきのかみ》が右から伊邪那美神《いざなみのかみ》が左から回ったら、不満足な子供が生まれた。そのため二柱の神が回り方を反対にしたら、大八島を構成するよい子供が生まれた」

『古事記』にも男性の神が先に声をかけて、結婚の主導権を握るべきだとする考えがみえる。古代の日本の知識層は、「体力のある男性が中心になって家庭を築くべきだ」とする中国の男尊女卑に近い思想をもっていたのであろう。

5　蛭児と淡島

古い形の神話では蛭児《ひるこ》や淡島は、「島に似ているが、人間の住めない土地」をあらわすものとされていたらしい。干潮時に限って海上に姿をみせるぶよぶよした浅瀬が蛭児《ひるこ》と呼ばれ、ろくに草木の生えない岩礁が淡島だったとみられる。

しかしのちに「ヒルコ」はその名前から、骨のないぶよぶよの体をした子供と解釈されるようになった。『古事記』などの神話は蛭児は海に流されたとするが、のちに蛭児《ひるこ》が恵比寿神《えびすがみ》となって戻ってきたとする話がつくられた。兵庫県西宮《にしのみや》市の西宮神社は、海から帰ってきた戎《えびす》大神としてまつっている。

伊邪那岐神と伊邪那美神とのあいだに生まれた大八島

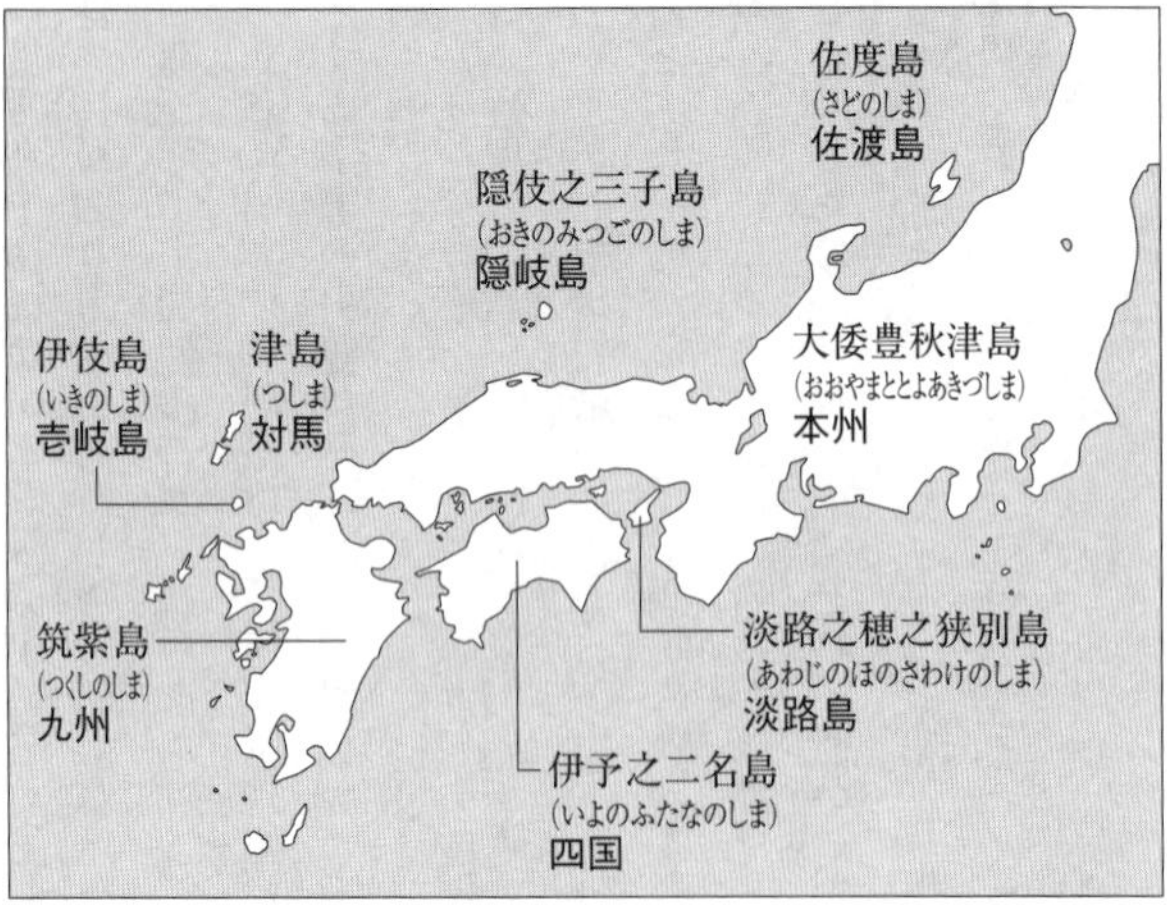

神生みの系図

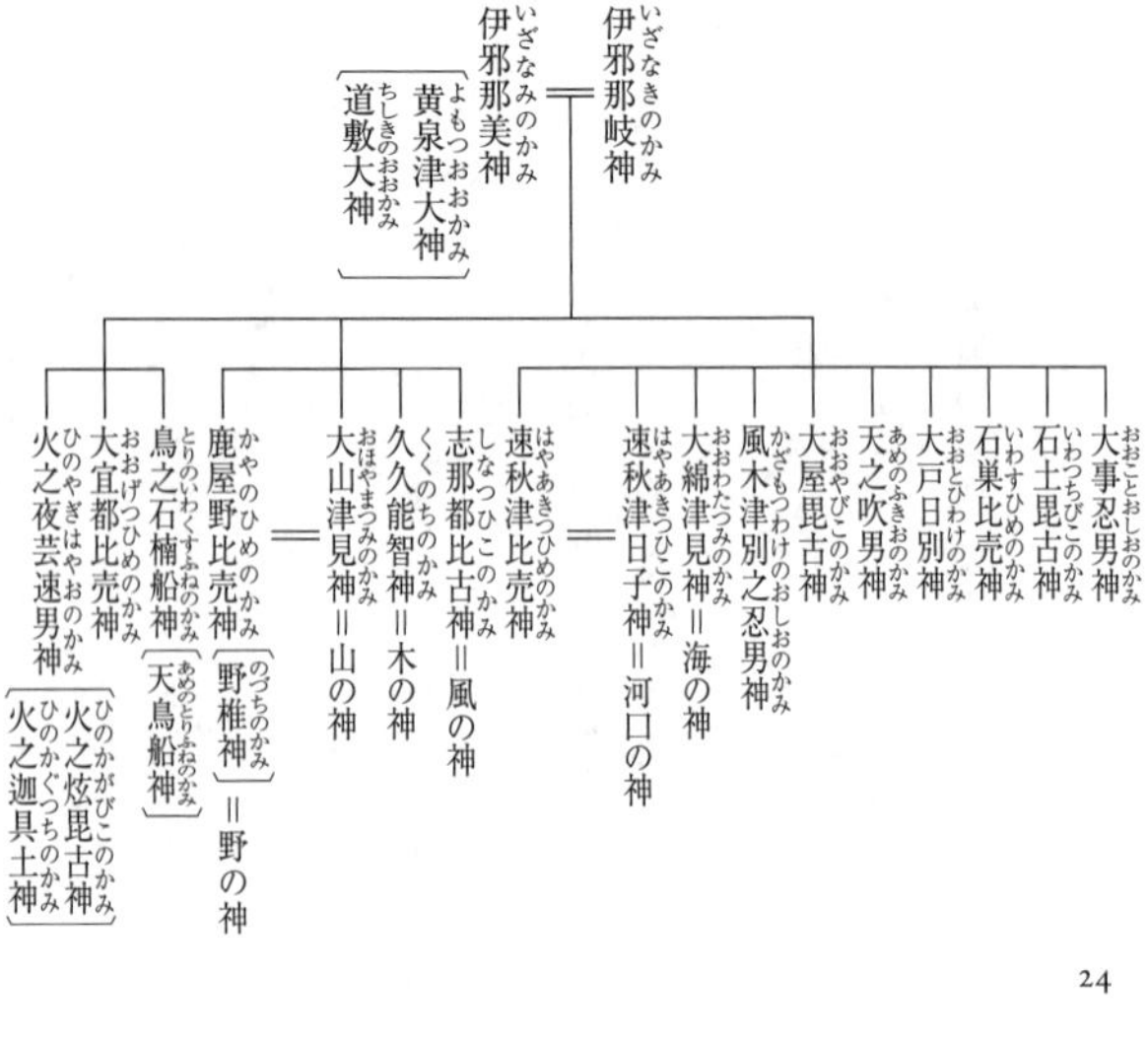

伊邪那美神が生んだ神の系図

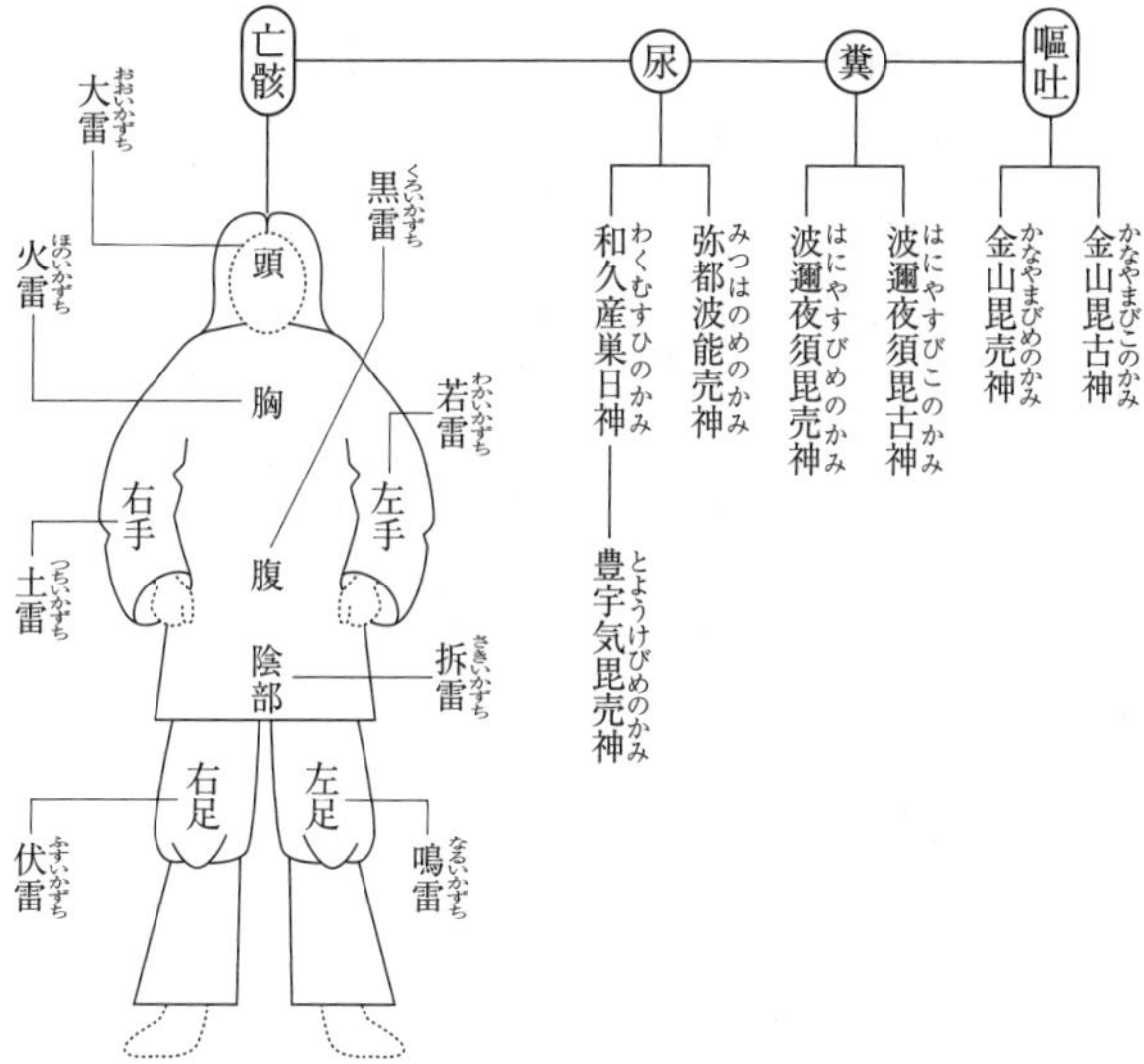

（物語の続き）

よい子供が得られなかった伊邪《いざ》那岐神《なきのかみ》と伊邪那美神《いざなみのかみ》は、高天原《たかまがはら》に昇って天の神々に教えを乞うた。このとき天の神は占いを行なって、「夫の神が先に声をかけるように」と指図した。

言われたとおりにすると、つぎつぎに優れた子供が誕生した。まず日本列島を構成する、大八島の神が現われた。ついで、大八島の周囲にある六つの小さな島の神が生まれた。

このあと伊邪那岐神《いざなきのかみ》と伊邪那美《いざなみ》

火之迦具土神から生まれた神の系図

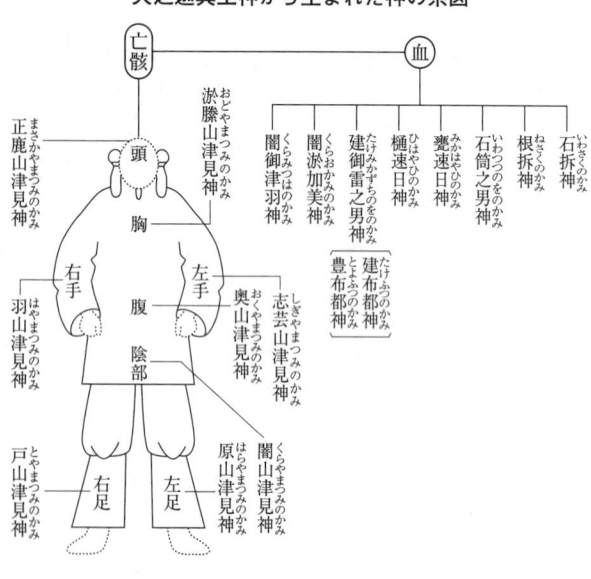

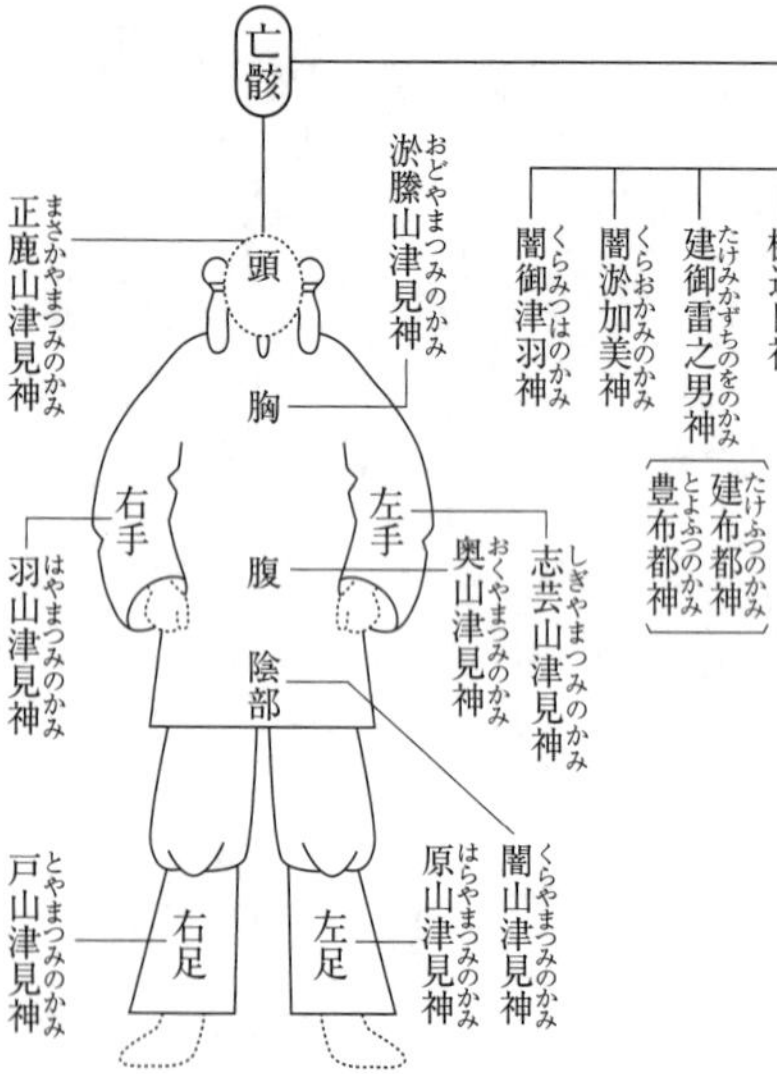

神《かみ》は、日本に住む人びとを守る多くの神を生んだ。海の神・大綿津《おおわたつ》見神《みのかみ》、山の神・大山津《おおやまつ》見神《みのかみ》などがつぎつぎに誕生したのだ。
しかし伊邪那美神《いざなみのかみ》は火の神・火《ひ》之迦具土神《のかぐつちのかみ》を出産したとき、火の神が発する焔《ほのお》に焼かれて亡くなった。伊邪那岐神《いざなきのかみ》が火傷《やけど》に苦しんでいるときに、多くの神が生まれた。妻を亡くした伊邪那岐神《いざなきのかみ》は怒りにまかせて火之迦具土神《ひのかぐつちのかみ》を斬ったが、その体や血からも、何柱もの神が現われた。

三　黄泉国訪問

（本文の訳文）

火之迦具土神《ひのかぐつちのかみ》を斬られたあと、伊邪那岐神《いざなきのかみ》はたいそう後悔された。妻を失ったうえに、妻が命をかけて残してくれた子供までいなくなるとは。悲しみが深まっていくなかで伊邪《いざ》那岐神《なきのかみ》はしだいに、

「妻が生き返ってくれれば、すべての苦しみから解放される」

と思い込まれるようになっていった。神々の時代にもこの世とあの世とは別の世界で、互いに行き来してはならないものとされていた。しかし伊邪那岐神《いざなきのかみ》は悩みぬいたあげくに、神々の世界のおきてを破って地の底にある死者が住む黄泉国《よみのくに》を訪れることを決心した。

伊邪那岐神《いざなきのかみ》は苦難に満ちた旅を経て黄泉国のあるじの御殿外につかれた。来訪を告げられると、冷たい巨大な石でできた御殿の扉を広げて、伊邪那美神《いざなみのかみ》が出てこられた。彼女は、生きているときと同じ姿で微笑んでおられた。伊邪那岐神《いざなきのかみ》は大いに喜ばれて、伊邪那美神《いざなみのかみ》

にこう語りかけられた。

「いとしいわが妻よ。私とあなたが力を合わせて築いてきた国は、まだ完成しておりません。どうかこの世に戻って、私の国づくりを助けてください」

この言葉を聞くと、伊邪那美神《いざなみのかみ》は悲しそうな表情をみせられ、そして消え入りそうな声で、こう言われた。

「もう少し早く来てくだされば、よかったのに。私はすでに、黄泉国の冷たい焔で焚《た》いた食物をいただいてしまいました。これによって私は、黄泉国の住人になってしまったのです。しかしいくつもの危険な試練を乗り越えてここまでいらした、いとしい夫の君《きみ》のお気持ちに、何とかこたえたいと思います。少しだけお待ちになってください。これから黄泉国の神に、地上に帰してもらえるようにお願いしてみます。あなたは、この扉の外にいてください。決して、私の姿をご覧になってはなりません」

伊邪那美神《いざなみのかみ》は夫に一礼すると、御殿の奥へ入っていった。しかし長い時間がたっても、彼女は姿を現わさなかった。そうしているうちに、しだいに妻の安否が気がかりになってきた。

「わが妻は乱暴な黄泉の神々に、酷い目にあわされているのではあるまいか」

伊邪那岐神《いざなきのかみ》はこう考えると、居ても立ってもいられなくなられた。そこで巨大神の力で御殿の重い扉をこじ開けて、なかに入っていった。その先は何一つみえない暗闇であった。伊邪那岐神《いざなきのかみ》は左の御角髪《みずら》（まげ）にさした櫛を抜かれて、その歯を折って火を灯《とも》された。

伊邪那岐神《いざなきのかみ》は進んでいかれると、御殿の奥の部屋に横たわる恐ろしくかわりはてた妻の姿があった。これをみられた伊邪那岐神《いざなきのかみ》は驚き、悲しまれ、われを忘れて一目散に走って御殿の戸口へと逃げていかれた。

伊邪那美神《いざなみのかみ》の体はどろどろに腐って、蛆《うじ》がわいていた。しかもその体から、恐ろしい顔をして妖しく動く八柱の雷神が生まれていた。その頭の上には大雷《おおいかずち》、胸の上には火雷《ほのいかずち》、腹の上に黒雷《くろいかずち》、下腹の上には拆雷《さきいかずち》、左手の上には若雷《わかいかずち》、右手の上には土雷《つちいかずち》、左足の上には鳴雷《なるいかずち》、右足の上には伏雷《ふすいかずち》が乗っかっていた。黄泉国はこの世にある神も人間も入ってはならない、恐ろしいところであった。

解説

6　黄泉国

黄泉国は、地下にある死者が住む世界とされる。しかしそこは、伊邪那岐神《いざなきのかみ》の黄泉国訪問の物語だけに出てくるものである。これ以外の『古事記』などの神話には、黄泉国に関する記述はない。

死後の世界は、「常世国《とこよのくに》」や「根国《ねのくに》」と記されることが多い。

地下の死者の世界をあらわす「黄泉《こうせん》」の語は、『春秋左氏伝《しゅんじゅうさしでん》』などの中国の古典にみえる。しかし「よみ」という訓《よ》みは、日本独自のものである。

『古事記』はこの世と黄泉国とをつなぐ黄泉比良坂《よもつひらさか》は、出雲国の伊賦夜坂《いふやさか》であると記している。また奈良時代に書かれた『出雲国風土記《いずものくにふどき》』という地誌に、あの世とつながる「黄泉《よみ》之坂《のさか》、黄泉之穴《よみのあな》」がみえる。

伊賦夜坂や黄泉之坂、黄泉之穴に相当する地は、現在も実在する。古代の出雲国に、黄泉の坂や黄泉の穴で祖先をまつる習俗があった。この習俗から生じた黄泉国に関する伝承が、『古事記』に取り入れられたのであろう。死者を葬る、古墳の横穴式石室《よこあなしきせきしつ》をもとに、黄泉国の御殿の様子が記されたのではないかとする説もある。

伊邪那岐神《いざなきのかみ》が黄泉国の御殿の暗闇を進んでいって腐った妻の体をみる話は、つぎのような教えを語ったものである。

「横穴式石室のなかと外とは、別の世界である。だからいくら死者が恋しくても、石室の

出雲国の黄泉国関連の土地

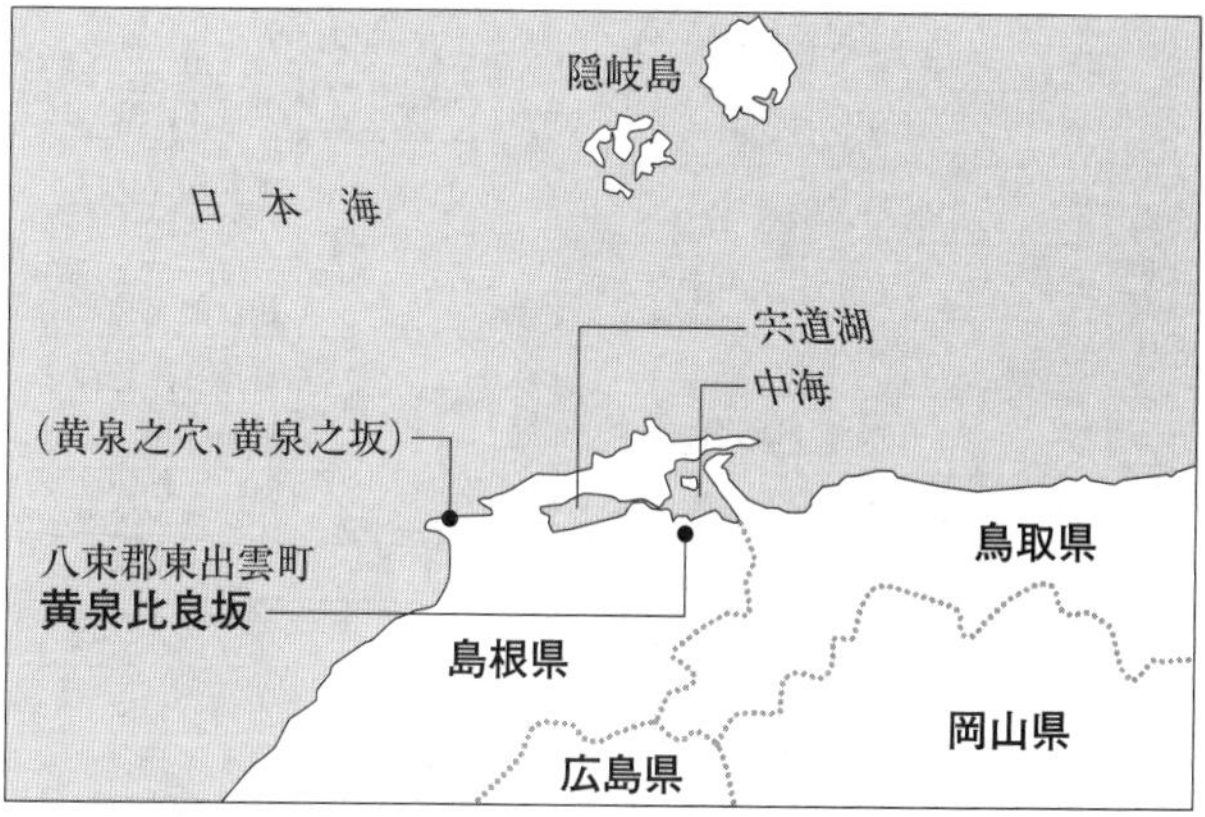

古代人の世界観

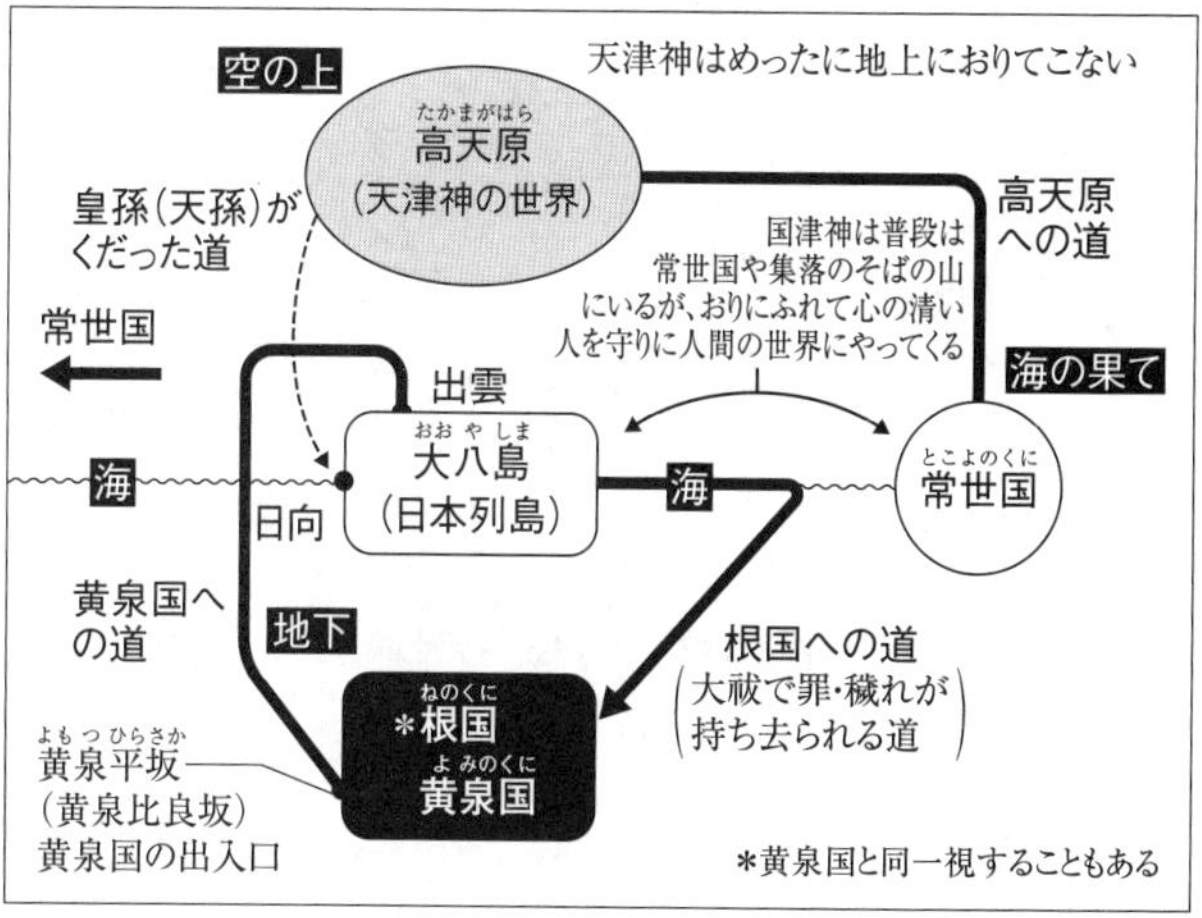

伊邪那岐神の祓から成った神々

投げ捨てた持ち物から生まれた神	杖	衝立船戸神《つきたつふなどのかみ》
	帯	道之長乳歯神《みちのながちはのかみ》
	袋	時量師神《ときはかしのかみ》
	衣	和豆良比能宇斯能神《わずらひのうしのかみ》
	袴	道俣神《ちまたのかみ》
	冠	飽咋之宇斯能神《あきぐひのうしのかみ》
	左手の腕輪	奥疎神《おきざかるのかみ》
		奥津那芸佐毘古神《おきつなぎさびこのかみ》
		奥津甲斐弁羅神《おきつかいべらのかみ》
	右手の腕輪	辺疎神《へざかるのかみ》
		辺津那芸佐毘古神《へつなぎさびこのかみ》
		辺津甲斐弁羅神《へつかひべらのかみ》

禊の行為で生まれた神	汚れた垢から生まれた	八十禍津日神《やそまがつひのかみ》
		大禍津日神《おおまがつひのかみ》
	災いを直すために現われた	神直毘神《かみなほびのかみ》
		大直毘神《おほなほびのかみ》
		伊豆能売神《いずのめのかみ》
	水底で濯ぐ	底津綿津見神《そこつわたつみのかみ》
		底筒之男命《そこつつのおのみこと》
	中ほどで濯ぐ	中津綿津見神《なかつわたつみのかみ》
		中筒之男命《なかつつのおのみこと》
	水上で濯ぐ	上津綿津見神《うはつわたつみのかみ》
		上筒之男命《うばつつのおのみこと》
	左目を洗う	天照大御神《あまてらすおほみかみ》
	右目を洗う	月読命《つくよみのみこと》
	鼻を洗う	建速須佐之男命《たけはやすさのおのみこと》

伊邪那岐神の禊祓

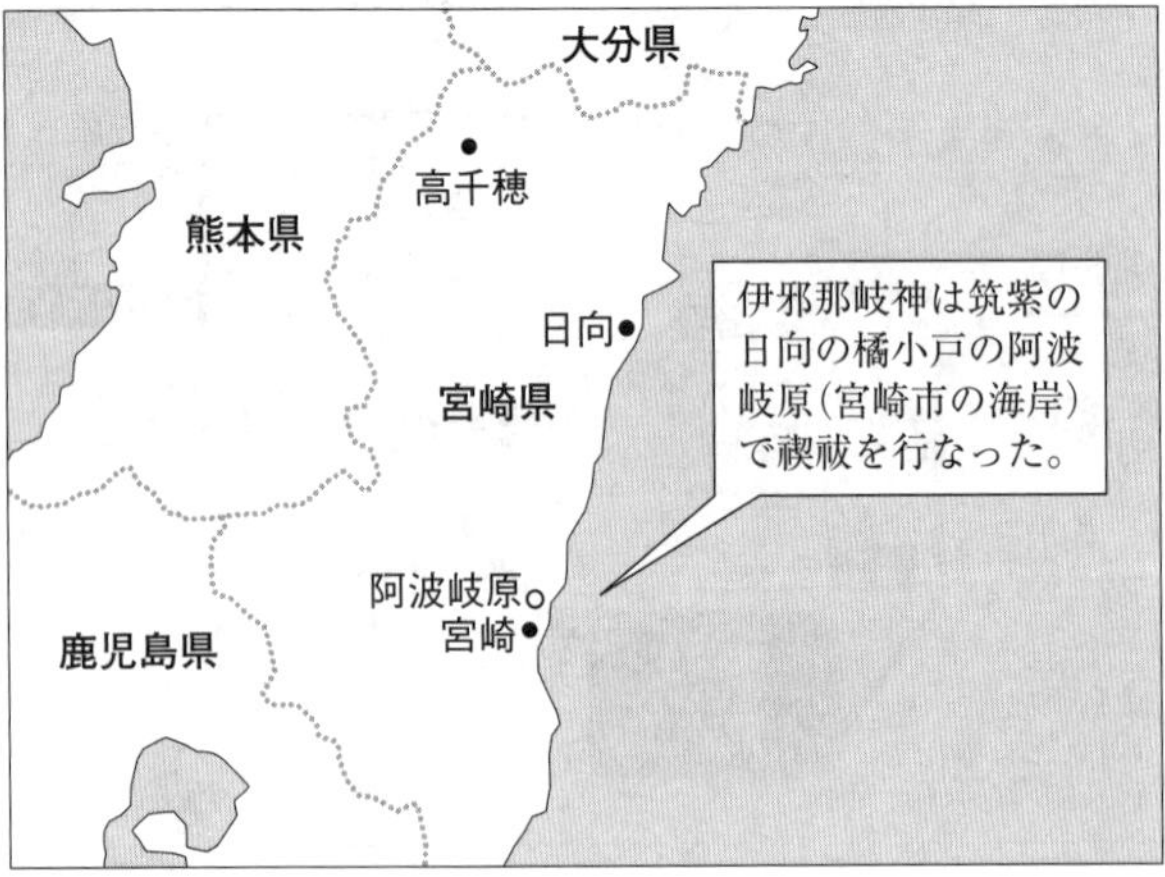

入り口の石を開いてはならない」

常世国は黄泉国と異なる、神々と祖先の霊魂が住む美しい国である。根国は、黄泉国と同じもののようにも読める。しかし根国が明るく、そこの住民は地上と同じ生活をしていたことをうかがわせる記述もあることから、本来は常世国と根国は同じものであったとみられる。

古代の日本に、死者の行く世界に関する三通りの伝承があったとみられる。それらが別々に、『古事記』などの神話に取り入れられて、黄泉国、根国、常世国となった。


〈物語の続き〉


伊邪那美神《いざなみのかみ》は、「よくも私の恥ずかしい姿をみたな」と大いに怒られた。そのために予《よ》母都志許売《もつしこめ》という醜い娘たちに、夫のあとを追うよう命じられた。これに対して伊邪那岐《いざなきの》神《かみ》は、髪飾りを投げて山ぶどうに、また櫛の歯を投げて筍《たけのこ》にかえられた。醜い娘たちは山ぶどうや筍を食べるのに夢中になって、伊邪那岐神《いざなきのかみ》を追ってこなくなった。

醜い娘たちが役にたたないので、伊邪那美神《いざなみのかみ》は八柱の雷神と一五〇〇人の黄泉国の軍勢に伊邪那岐神《いざなきのかみ》を追わせた。伊邪那岐神《いざなきのかみ》は後ろ手で剣を振り回しながら、ひたすら走られた。

祓詞

【祓詞《はらえことば》】（現代の神事で多く用いられるもの）
掛《かけ》まくも畏《かしこ》き伊邪那岐大神《いざなぎのおおかみ》、筑紫《つくし》の日向《ひむか》の橘小戸《たちばなのおど》の阿波岐原《あわぎはら》に御禊祓《みそぎはら》え給《たま》いし時《とき》に生《なり》ませる祓戸《はらえど》の大神等《おおかみたち》、諸《もろもろ》の禍事罪穢《まがごとつみけがれ》有《あ》らんをば、祓《はら》え給《たま》い清《きよ》め給《たま》えと白《もう》す事《こと》を聞《き》こし食《め》せと恐《かしこ》み恐《かしこ》み白《もう》す。

【要訳】伊邪那岐大神が筑紫の日向の橘の小戸の阿波岐原で禊祓をされたときに生まれた祓戸の神々よ、さまざまな罪穢れを清めて下さい。

そして黄泉国と地上との境にある黄泉比良坂に着かれたときに、魔除けの桃の実をみつけられて後方に投げられた。
雷神や黄泉国の軍勢は、この桃の力によって追い返された。最後に伊邪那美神《いざなみのかみ》が自ら、恐ろしい黄泉津大神《よもつおおかみ》の姿にかわってやってきた。このとき伊《い》邪那岐神《ざなきのかみ》は巨大な岩で黄泉比良坂をふさぎ、伊邪那美神《いざなみのかみ》に夫婦の絶縁を申し渡された。
このあと伊邪那岐神《いざなきのかみ》は黄泉国で負った穢《けが》れを清めるために、笠紫《つくし》の日向《ひむか》の橘《たちばなの》小門《おど》の阿《あ》波岐原《わきはら》で海水につかって禊祓《みそぎはらい》をされた。このとき多くの神々が、お生まれになった。そのなかには人びとの穢れを清めて下さる、祓の神もおられた。

四　三貴子の誕生

（本文の訳文）


伊邪那岐神《いざなきのかみ》は沖で何度も海に潜《もぐ》って清められたあと、海岸近くの胸の深さのところで顔をていねいに洗われた。左の目をお洗いになると、光り輝くように美しい天照大御神《あまてらすおおみかみ》という女神がお生まれになった。

つぎに右目を洗われると、上品でおちついた月読命《つくよみのみこと》が出現された。さらに鼻を清められたときに元気でりりしい、須佐之男神《すさのおのみこと》が出てこられた。

伊邪那岐神《いざなきのかみ》はこの立派な三柱の神々をみられて大いに喜ばれ、こう仰《おお》せになられた。

「私はつぎつぎに子供をもうけてきたが、最後にもっとも意に叶った三貴子《みはしらのうずのみこ》を得た。たいそう嬉しい」

三貴子《みはしらのうずのみこ》の神々は父神・伊邪那岐神《いざなきのかみ》の目や鼻ほどの大きさであったが、人間でみれば巨大な姿をした神々であった。

伊邪那岐神《いざなきのかみ》は天照大御神《あまてらすおおみかみ》こそ、自分のあとつぎにふさわしいとお考えになった。そのため、自分が身につけた勾玉《まがたま》や管玉《くだたま》を連ねた首飾りの緒をゆらゆらと振って玉どうしがぶつかるきれいな音をさせながら、太陽神・天照大御神《あまてらすおおみかみ》に首飾りをお授けになられた。そして、

「あなたは天に上って高天原の神々を従えて人びとを見守りなさい」

と命じられた。ついで月の神である月読命《つくよみのみこと》に、

「お前も天に上って夜の世界、夜食国《よるのおすくに》を支配せよ」

と言われた。さらに須佐之男神《すさのおのみこと》には、

「お前は、はてしなく広い海原《うなばら》を治めよ」

と命じられた。これによって三貴子《みはしらのうずのみこ》が、伊邪那岐神《いざなきのかみ》のあとをついでこの世の中を分治することになった。

解説

7　祓と神の誕生

古代の日本人の祓《はらい》を重んじる思想にもとづいて、伊邪那岐神《いざなきのかみ》が阿波岐原の禊祓のあとで三貴子《みはしらのうずのみこ》を生む神話がつくられた。神道では、祓をもっとも重んじている。それは、つぎの考えによるものである。

「罪や穢れを犯しても、そのことをいつまでも引きずるのはよくない。祓を行なって体を清め気持ちを切りかえて明るく生きることが望ましい」

こうして、水や塩で体を清めたり、悪い因縁をもつ物を焼いたりする祓がつくられた。神社に寄附することも、金銭や供え物に穢れをつけて神さまに清めてもらう行為だと考えられた。

神棚をまつる神道の家で毎朝行なうお供えも、祓である。神社に参拝するときの賽銭は、身を清める力をもつといわれる。

三世紀の日本のありさまを記した「魏志倭人伝《ぎしわじんでん》」に興味深い記事がある。邪馬台国《やまたいこく》の時代の倭国《わこく》（日本）では、

いろいろな祓

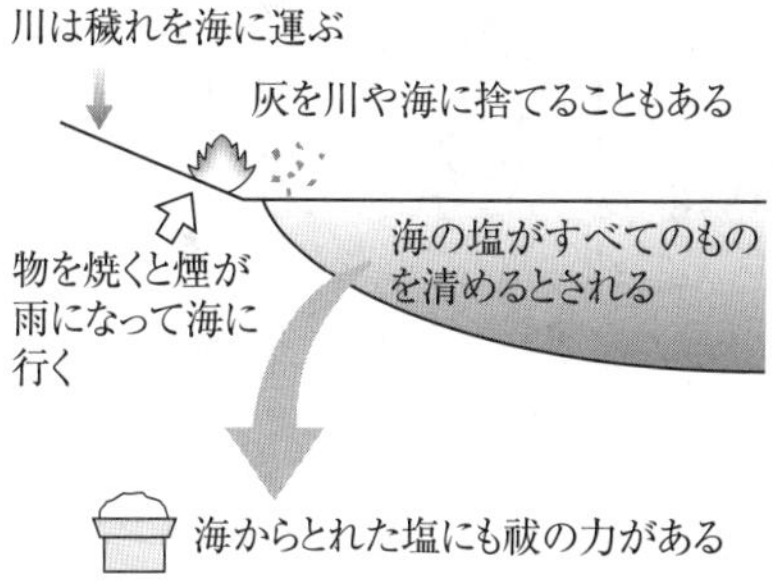
川は穢れを海に運ぶ
灰を川や海に捨てることもある
物を焼くと煙が雨になって海に行く
海の塩がすべてのものを清めるとされる
海からとれた塩にも祓の力がある

葬礼のあとで喪主と会葬者がそろって海につかって体を清めるというのである。

このような葬儀のあとに穢れを落とす習俗は、長くうけつがれた。現代では海につかるかわりに塩をまく形がとられている。伊邪那岐神《いざなきのかみ》の禊祓の神話は、このような葬礼のあとの祓の習俗をふまえてつくられた。

8　三貴子の分治

天照大御神《あまてらすおおみかみ》が昼の空を、月読命《つくよみのみこと》が夜の空を、須佐之男命《すさのおのみこと》が海を治めるように命じられたとするのが、三貴子《みはしらのうずのみこ》分治の物語である。この話は、比較的新しい時代に日本神話に加わったものである。

王家が六世紀はじめに、天照大御神《あまてらすおおみかみ》を高天原《たかまがはら》を治めるもっとも権威ある神とする考えをつくり出した。そしてそのあと王家は斎宮《さいぐう》をおいて天照大御神《あまてらすおおみかみ》をまつったが、この祭祀は天照大御神《あまてらすおおみかみ》だけを対象とするものであった。

月読命《つくよみのみこと》も須佐之男神《すさのおのみこと》も、王家の守り神ではなかった。だが神話の筋を整えていくなかで、南方の三貴子《みはしらのうずのみこ》分治の物語が日本に取り入れられた。太平洋の島々や東南アジアを中心に、太陽と月と海の神もしくは太陽と月と悪神を兄弟とする神話が広く分布している。

ギルバート諸島には、天の父神と地の母神のあいだに太陽、月、海の三人の子神が生まれたという話がある。ラオスでは、二人の太陽神と一人の日食を起こす神を兄弟とする神話がつくられた。

須佐之男神《すさのおのみこと》は海を治めるように命じられたが、そのあと日食を起こす悪神になったとされる。


（物語の続き）


天照大御神《あまてらすおおみかみ》と月読命《つくよみのみこと》は、伊邪那岐神《いざなきのかみ》の言いつけに従った。ところが須佐之男神《すさのおのみこと》は、ひげが胸の前までのびた立派な青年になっても泣き暮らしていた。かれは海を治めようとせずに、

「母のいる根国に行きたい」

と父に反抗した。そこで伊邪那岐神《いざなきのかみ》は、須佐之男神《すさのおのみこと》を手もとから追放した。須佐之男神《すさのおのみこと》は根国に行こうとしたが、その前に高天原《たかまがはら》の天照大御神《あまてらすおおみかみ》にあいさつして事情を説明しておこうと考えた。

ところが須佐之男神《すさのおのみこと》が高天原に向かうと、嵐が起こった。そのため天照大御神《あまてらすおおみかみ》は、

「弟が高天原《たかまがはら》を奪いに来た」

と考えて、男装したうえで武器を身につけて出むかえた。

五　天照大御神と須佐之男神の誓約

（本文の訳文）

天照大御神《あまてらすおおみかみ》は、須佐之男神《すさのおのみこと》にこう問いかけられた。

「お前が悪い心をもたないことを、どのように証明するのか」

これに対して須佐之男神《すさのおのみこと》は、このようにお申しになった。

「誓約《うけい》を行ないまして、あかしを立てさせてください。二人で子供を生みますれば、子供が男の子であるか女の子であるかによって私の心のよし悪しがわかります」

こうして天照大御神《あまてらすおおみかみ》と須佐之男神《すさのおのみこと》は、天安河《あめやすかわ》という川の両方の岸に立って、子供を生むことになられた。

まず天照大御神《あまてらすおおみかみ》が、須佐之男神《すさのおのみこと》が身に帯びている十拳剣《とつかつるぎ》という長い剣をもらい受けられて、それを三つに折られた。そして勾玉の首飾りを、ゆらゆらと揺らしながら、剣を天真名井《あめのまない》という井戸で洗って清められた。そののちに口に含んでガリガリとかまれて、霧をふっとお吹きになられた。すると、女神たちがお生まれになった。多紀理毘売命《たきりびめのみこと》、市寸島比売命《いちきしまひめのみこと》、多岐都比売命《たきつひめのみこと》の三柱である。

これに続いて須佐之男神《すさのおのみこと》が、天照大御神《あまてらすおおみかみ》の左の角髪《みずら》に巻かれたいくつもの勾玉を貫き通した八尺の髪飾りをもらい受けられた。かれは髪飾りを揺らして玉の音をからからいわせながら、天真名井で清めてかみ砕かれた。すると、須佐之男神《すさのおのみこと》が吐き出した息の霧から天忍穂耳命《あめのおしほみみのみこと》という少年の神がお生まれになった。

ついで天照大御神《あまてらすおおみかみ》の右の角髪《みずら》から、天之菩比命《あめのほひのみこと》が現われた。さらに天照大御神《あまてらすおおみかみ》が額《ひたい》の髪を縛っていた髪飾りから、天津日子根命《あまつひこねのみこと》が誕生された。ついで天照大御神《あまてらすおおみかみ》の左の手の玉飾りから活津日根命《いくつひこねのみこと》、右の手の玉飾りから熊野久須毘命《くまのくすびのみこと》がお生まれになった。

このとき天照大御神《あまてらすおおみかみ》は、こう仰せになられた。

「あとで生まれた五柱の男神は、私のもち物から成りいでた神である。だからかれらを、私の子にしましょう。前に生まれた三柱の女神は、あなたのもち物から現われたからあなたの子にしなさい」

先に生まれた神の多紀理毘売命《たきりびめのみこと》は、宗像《むなかた》神社の沖津宮に鎮座されている。つぎに市寸《いちき》島比売命《しまひめのみこと》は、宗像神社の中津宮でまつられている。つぎに多岐都比売命《たきつひめのみこと》は宗像神社の辺《へ》津宮におられる。この三柱の神は、宗像君等《むなかたのきみら》があがめまつっている三座の大神である。あとに生まれた五柱の子のなかの天之菩比命《あめのほひのみこと》の子の建比良鳥命《たけひらとりのみこと》、これは出雲大社をまつる出雲国造《くにのみやつこ》と、武蔵《むさし》国造、上菟上《かみつうなかみ》国造、下菟上《しもつうなかみ》国造、伊自牟《いじむ》国造、対馬県直《つしまのあがたのあたい》、遠江《とおつおうみ》国造といった地方豪族の祖神である。つぎに天津日子根命《あまつひこねのみこと》は、凡川内《おおしこうちの》国造、額田部湯坐《ぬかたべのゆえの》連《むらじ》、茨木《いばらきの》国造、大和田中直《やまとのたなかのあたい》、山城《やましろの》国造、馬来田《まくたの》国造、道尻岐閇《みちのしりのきへの》国造、周芳《すおうの》国造、大《やま》和淹知造《とのあむちのみやつこ》、高市県主《たけちのあがたぬし》、蒲生稲寸《がもうのいなき》、三枝部造《さきくさべのみやつこ》らの祖神である。

誓約の儀式を終えた須佐之男神《すさのおのみこと》は、天照大御神《あまてらすおおみかみ》にこう言われた。

「この誓約は、私の勝ちです。私が清らかな心でいたので、私のもち物から生まれた子神はすべておとなしい女神になりました」

解説

9　誓約の判定

古代の日本には、誓約によって神意を問う習俗が広くみられた。大王、豪族、村落の長などが人知ではわからない吉凶を占ったり、正邪の判定を行なわねばならぬ場面は多い。このときに古代の指導者は何かをやって、あらかじめ決めたとおりの結果が出るか否かでものごとを判断した。

年頭に神前でその年の豊作か不作を占う、年占《としうら》の神事が残っている神社もある。私たちも神社に参拝して、おみくじを引くことがある。このような習俗は、古代の誓約の流れを引くものである。

『古事記』の物語では須佐之男神《すさのおのみこと》が、「私の心が正しければ、私のもち物から女神が生まれます」と宣言する部分が省略されている。こののちに天照大御神《あまてらすおおみかみ》が子供を生むのが正しい形になる。この話では天照大御神《あまてらすおおみかみ》のもち物から生まれた子供が男神であっても女神であっても、須佐之男神《すさのおのみこと》の正邪の判定にかかわらない。

『日本書紀』の神話では、これと異なる判断がなされている。須佐之男神《すさのおのみこと》が男神を生んだから、清い心をもっていることが証明されたというのである。あらかじめ須佐之男神《すさのおのみこと》が「男神を生みます」と宣言していれば、この判定でも間違いない。

男神と女神の区別は、絶対的な判断の規準ではない。誓約の前の言と同じ結果が出れば、正邪の正、もしくは吉凶の吉となるのである。

10　神とされたまつり手

神道では、人間と神とが近い位置におかれている。亡くなった祖先は祖霊となり、神としてまつられた。そして生前に神をまつる立場にあった首長《しゅちょう》（大王や豪族）も、亡くなったあとで神とされた。

『万葉集《まんようしゅう》』の和歌に、「大王は神にしませば」という表現が出てくる。大王（天皇）は人間の姿をして、ふつうの人間なみの力しかもたない。しかし古代の日本人は大王（天皇）を、「神に近い人間」と感じた。

このような大王（天皇）のあり方から、等身大の神が考え出された。はるか昔にいた巨大神、巨人神は、人間の想像が及ばぬほどの大きな力をもつ。しかし等身大の神は、人間に近い神だとされた（一九頁も参照）。

『古事記』などの日本神話では、巨人神天照大御神《あまてらすおおみかみ》の子孫が大王になったという。そのため古代の知識人は、王家の祖先は正勝吾勝勝速日天忍穂耳命《まさかつあかつかちはやひあめのおしほみみのみこと》の代に等身大の神にかわったと考えた。

古墳時代の服装と誓約の神話

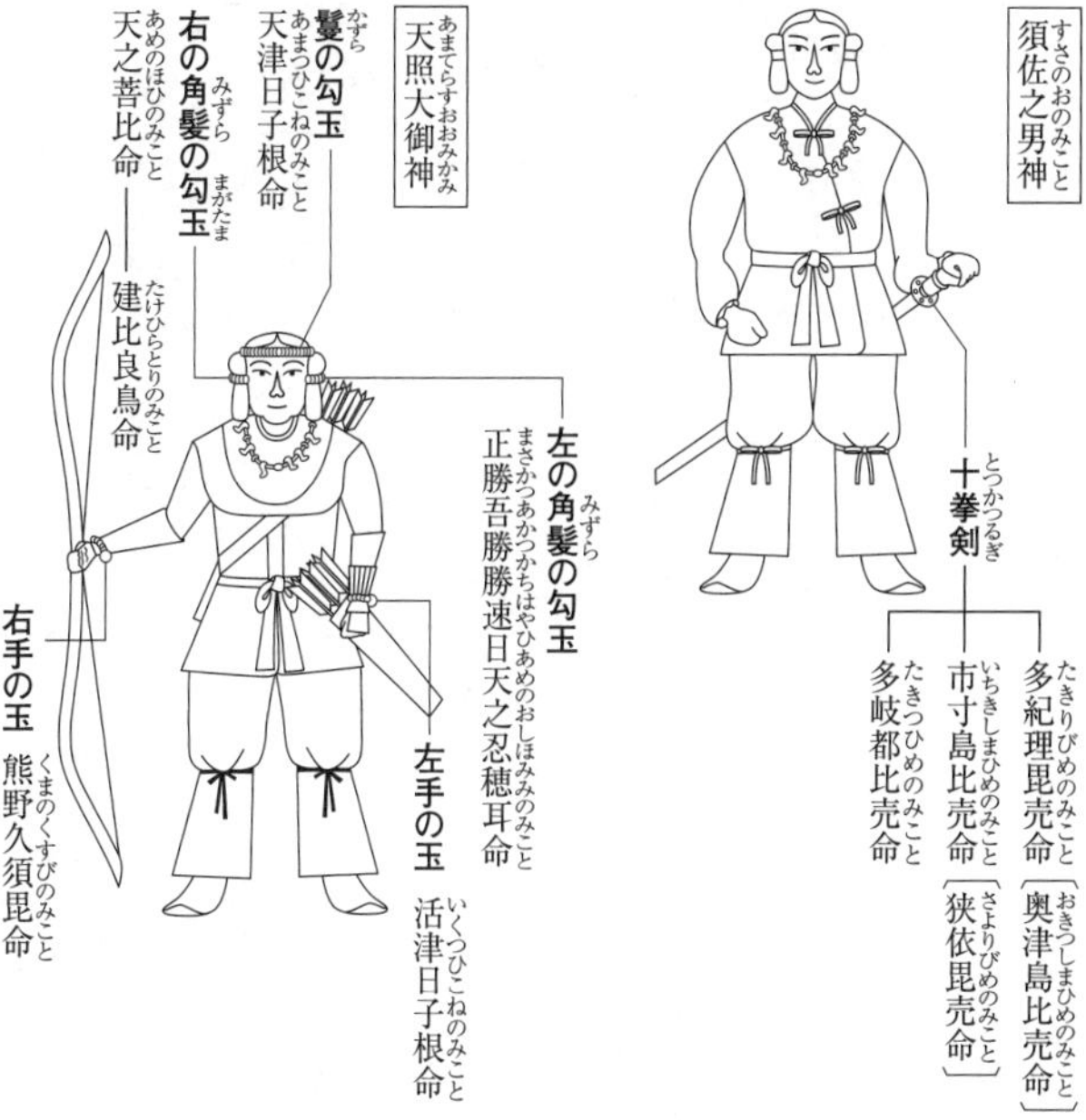

そのために天照大御神《あまてらすおおみかみ》と須佐之男神《すさのおのみこと》のもち物から勾玉と同じ大きさの神が生まれる、誓約の物語がつくられた。
正勝吾勝勝速日天忍穂《まさかつあかつかちはやひあめのおしほ》耳命《みみのみこと》と同時に誓約で生まれた多紀理毘売命《たきりびめのみこと》、市寸島《いちきしま》比売命《ひめのみこと》、多岐都比売命《たきつひめのみこと》の宗像三神も、等身大の神である。古い時代の宗像に、宗像三神を海神の娘である巫女の神とする信仰が存在したのではあるまいか。
宗像の人びととは巨大神

宗像三神がまつられた場所

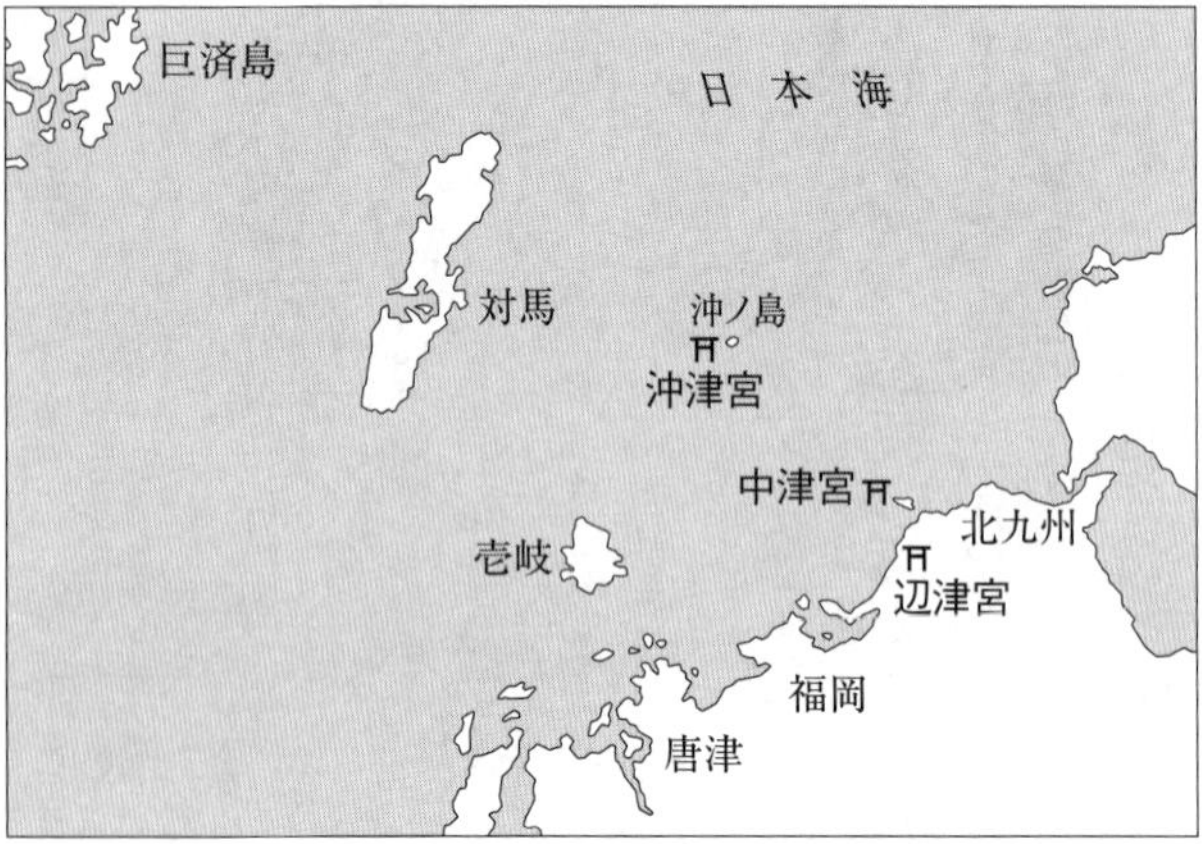

である海の神ではなく、自分たちに近い位置にいる宗像三神をまつった。そして彼女らを介して、海の神の神託をうけた。このような信仰が須佐之男神《すさのおのみこと》を海の支配者とする物語と結びついて、宗像三神が須佐之男神《すさのおのみこと》の娘とされたのであろう。

(物語の続き)

須佐之男神《すさのおのみこと》は誓約のあと、高天原《たかまがはら》に住むことを認められた。しかしかれは粗暴で、天《あま》照大御神《てらすおおみかみ》の田の畔《あぜ》を壊したり、用水路を埋めたりした。天照大御神《あまてらすおおみかみ》は最初は須佐之男《すさのお》神《みこと》をかばっていたが、須佐之男神《すさのおのみこと》は乱暴をはたらいて天照大御神《あまてらすおおみかみ》に仕える服織女《はたおりめ》を死なせてしまった。

事ここにいたって、天照大御神《あまてらすおおみかみ》は怒りをあらわにして天岩戸に隠れた。太陽の神さまである天照大御神《あまてらすおおみかみ》の姿がみえなくなると、高天原《たかまがはら》も地上も真夜中のような闇に包まれた。

このとき神々は相談して、岩戸の前で天照大御神《あまてらすおおみかみ》を外へ連れ出すための盛大なまつりを行ない、神楽《かぐら》を奏することにした。

六　天岩戸

〈本文の訳文〉


神楽が始まると、天宇受売命《あめのうずめのみこと》という強くて美しい女神が進み出られた。彼女は天《あめ》の香《か》具山《ぐやま》という神聖な山に生えていたカズラ（葛）の蔓《つる》をたすき掛けにされ、カズラの蔓で長い髪を縛っておられた。天宇受売命《あめのうずめのみこと》は魔除けの笹の枝を束ねて手にささげ、天岩戸の前に逆さにおかれた大きな樽の舞台にふわっとお乗りになられた。

このあと天宇受売命《あめのうずめのみこと》は音楽に合わせて樽を踏み鳴らし、神懸《かみがか》りしたかのように激しく踊りだされた。動きがあまりに激しかったので、天宇受売命《あめのうずめのみこと》の服からは胸や太股がはみ出していた。

踊りが大そう面白く楽しいので、八百万《やおよろず》の神々が高天原《たかまがはら》を揺るがすばかりにいっせいにどっと笑われた。

この楽しそうな笑いを聞いて、天照大御神《あまてらすおおみかみ》は不思議に思われた。そして何が起こったのかを知りたくて、天岩戸の扉をわずかだけひらかれた。

「高天原《たかまがはら》も地上も暗闇になっている。それなのになぜ天宇受売命《あめのうずめのみこと》が楽しげに舞い、神々が明るく笑っておるのじゃ」

天照大御神《あまてらすおおみかみ》がこうお問いかけになったので、天宇受売命《あめのうずめのみこと》はこうお答えした。

「あなたさまよりまさる貴い神さまがおいでになられたので、みんなが喜び笑い、歌舞しております」

このとき天児屋命《あめのこやねのみこと》は布刀玉命《ふとだまのみこと》とともに、八咫鏡《やたかがみ》をつけた榊《さかき》をふいに天照大御神《あまてらすおおみかみ》の目の前にさし出された。すると大きな鏡に、光り輝く女神のお顔が映った。天照大御神《あまてらすおおみかみ》は鏡のなかの自分の姿をみられて、

「不思議なことである。この者は誰であろう」

とお思いになられて、お体を少しだけ天岩戸の外にお出しになって鏡をのぞかれた。

そのとき扉のかげに隠れていた大力の天手力男神《あまたぢからおのみこと》がすかさず飛び出された。天手力男神《あまたぢからおのみこと》は天照大御神《あまてらすおおみかみ》のお手をお取りになられて、彼女のお体を一気に外へと引き出された。

ただちに布刀玉命《ふとだまのみこと》が、天照大御神《あまてらすおおみかみ》のうしろに注連縄《しめなわ》を張られた。そして、こう申し上げた。

「この縄より内に、お入りになることはなりません」

天照大御神《あまてらすおおみかみ》が外に出てこられたので日食が終わり、高天原《たかまがはら》も地上もふたたび明るく太陽が照りかがやく世界となった。

解説

11　日食神話

天岩戸の神話は、南方から伝わった日食神話をもとにつくられたと考えられる。日食神話は世界にひろく分布するが、東南アジアには太陽神の弟の神が日食を起こす形の話がみられる。

カンボジアには、太陽神の弟ラウが太陽をつかまえると日食になるという伝説がある。

またラオスでは、アチトとチャンの二人の太陽神が弟のラウにつかまると日食が起きると伝えられている。

このような南方の日食神話が、日本との交流のさかんな江南（中国の揚子江下流域）を経て古代日本に伝わったのであろう。

天岩戸の物語は、神楽と神々の笑い声によって日食が終わったとする日本独自の形をとっている。これは人びとが明るく楽しく過ごすことが神を喜ばせるとする、神道の「むすひ」の思想をあらわすものである。

日本のまつりは神のためのまつりであるとともに、人びとの最大の楽しみでもあった。

12　天岩戸と鎮魂祭

古代の朝廷の祭祀で舞いをつとめる巫女を出す、猨女《さるめ》氏という豪族がいた。この猨女氏は、天宇受売命《あめのうずめのみこと》の子孫と称していた。

古代の朝廷の鎮魂祭《ちんこんさい》というまつりで、猨女氏の勇壮な舞いが行なわれていた。鎮魂祭は、太陽の輝きがもっとも弱まる冬至の頃にひらかれることになっていた。

鎮魂祭では弱まった太陽の力を再び強め、それとともに天皇の呪力も強めるさまざまな呪術が行なわれた。鎮魂祭の猨女氏の神楽の習俗と南方系の日食神話が結びついて、天岩戸の物語がつくられた。

（物語の続き）

高天原《たかまがはら》の神々は須《す》佐《さ》之《の》男神《おのみこと》に償《つぐな》いの品をさし出させて、地上へ追放した。このあと須《す》佐《さ》之《の》男神《おのみこと》は地上に向かおうとして、食物を大気都比売神《おおげつひめのかみ》に求めた。
しかし大気都比売神《おおげつひめのかみ》が鼻や口からさまざまな食物を出したので、須《す》佐《さ》之《の》男神《おのみこと》は「農作物は、手間をかけて育てるものだ。不思議な魔術を使って食べ物をつくるとは許せん」と怒って大気都比売神《おおげつひめのかみ》を殺した。このとき大気都比売神《おおげつひめのかみ》の死体から、稲、麦などが出現した。

大気都比売神が生んだ食物

須《す》佐《さ》之《の》男神《おのみこと》は、出雲国の

須佐之男神ゆかりの地

斐《ひ》伊《い》川流域の鳥髪《とりかみ》の地に降った。そこから川沿いに上流に行ったところで、八個の頭と八本の尾をもつ八岐大蛇《やまたのおろち》という大蛇《だいじゃ》の生贄《いけにえ》にされることになっていた女神、櫛名田比売《くしなだひめ》とその父母に出会った。このとき須佐之男神《すさのおのみこと》は八岐大蛇《やまたのおろち》を退治して娘を救おうと考えた。
そのためかれは、櫛名田比売《くしなだひめ》の父母に八つの門を設けた垣根をつくり、門ごとに強い酒を入れた槽《おけ》をおくことを求めた。このあと八岐大蛇《やまたのおろち》が来たが、櫛名田比売《くしなだひめ》に手を出す前に酒のにおいをかぎつけ、これを飲み干して眠り込んでしまった。

七　八岐大蛇退治

（本文の訳文）

須佐之男神《すさのおのみこと》は八岐大蛇《やまたのおろち》の様子をうかがっておられたが、やがて相手がすっかり寝込んでいるのを確かめられた。

このあと須佐之男神《すさのおのみこと》は勇気をふるって腰の十拳剣を引き抜き、斬りかかっていかれた。須佐之男神《すさのおのみこと》は八岐大蛇《やまたのおろち》の八個の頭と胴体と八本の尾を、つぎつぎに切り刻んでいかれた。巨大な大蛇を斬られた須佐之男神《すさのおのみこと》のお力は、なみ外れたものであった。このとき斐伊川の水は八岐大蛇《やまたのおろち》の血で、まっ赤に染まった。須佐之男神《すさのおのみこと》が八岐大蛇《やまたのおろち》のなかほどの尾を斬られたときに、刀の刃が堅いものにあたって少し欠けた。

何が起こったかと思ってそのあたりの八岐大蛇《やまたのおろち》の体を剣で裂いてみたところ、鋭い刃をもった立派な剣が出てきた。須佐之男神《すさのおのみこと》はそれを神さまから授かった不思議なものだとお考えになった。そのため、その剣をのちに天照大御神《あまてらすおおみかみ》に献上された。これが三種の神器の一つの、草薙剣《くさなぎのつるぎ》である。

解説

13　八岐大蛇

古代日本には、蛇の姿をした山の神を、水の神としてまつる習俗が広くみられた。山から流れ出た河川から水をひいて水田をつくった集団が、農業用水を山の神からの授かり物と考えたためである。

古代人は蛇を恐れたり嫌ったりせずに、河川の水源となる山奥にいる蛇を神のつかいと敬った。かれらを人間の前に姿をみせない大蛇の姿をした神の家来だと考えたのだ。

櫛名田比売《くしなだひめ》は、「美しい稲田の神」を意味する田の神である。八岐大蛇《やまたのおろち》の「オロチ」は、「峰《お》の霊《ち》」をあらわす。かつて出雲に、山の神がまつりの日に人里《ひとざと》にきて、田の女神と結婚することをあらわすまつりが行なわれていたのであろう。

このまつりの由来が、勇者の神が田の女神に会いにきた山の神を退治する話にかえられた。

「ペルセウス・アンドロメダ型神話」が、世界に広く分布している。勇者ペルセウスが怪物を退治してアンドロメダという美女と結婚する、ギリシァ神話に類似する物語が「ペルセウス・アンドロメダ型神話」である。

大和朝廷がペルセウス・アンドロメダ型神話を日本に取り入れた。そして出雲独自の伝承の筋を書きかえて、神であった八岐大蛇《やまたのおろち》を怪物にしたのであろう。

ペルセウス・アンドロメダ型神話の分布

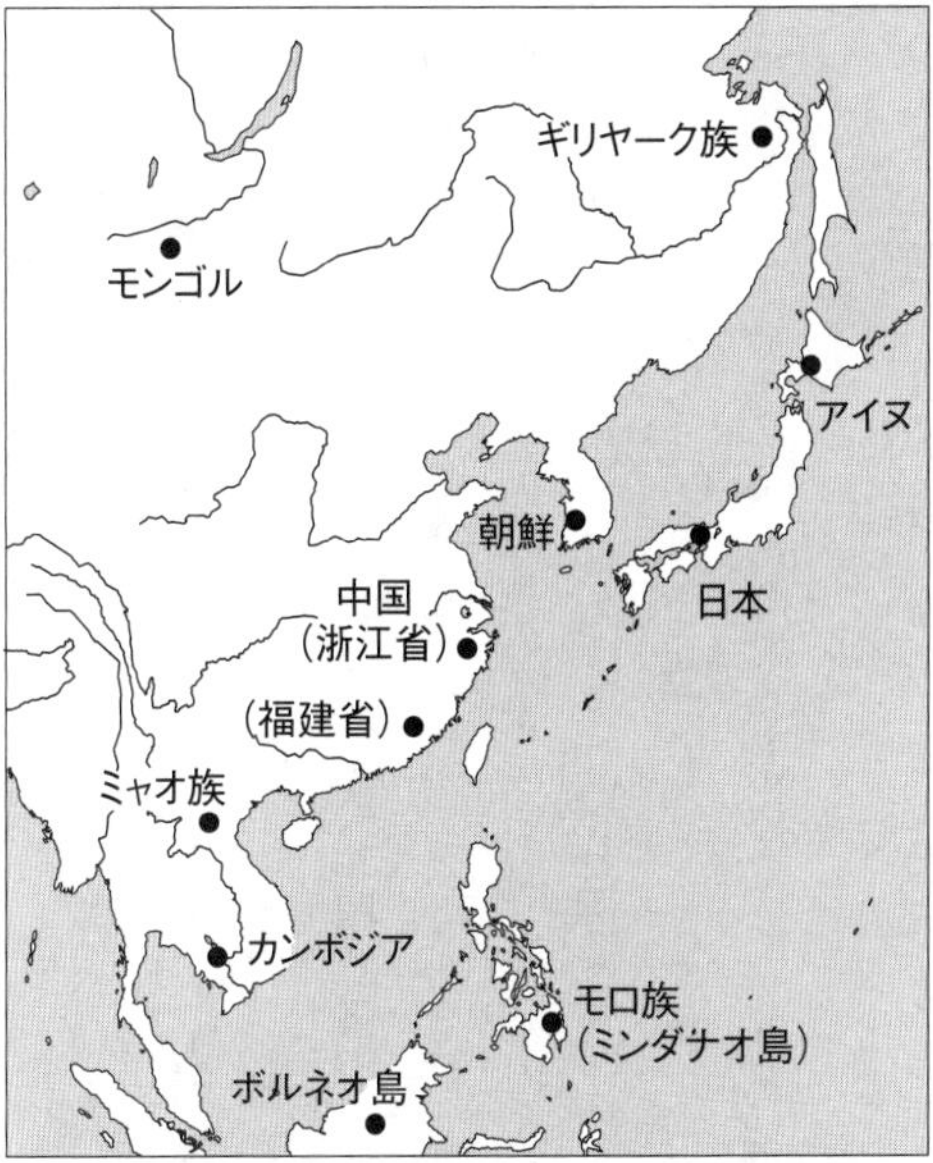

出典：『神話から歴史へ』（井上光貞著、大林太良作図、中央公論社刊）に加筆

14　草薙剣

草薙剣《くさなぎのつるぎ》は、「天叢雲《あめのむらくも》剣《つるぎ》」と呼ばれていた。八岐大蛇《やまたのおろち》から出たこの剣は、名古屋市の熱田《あつた》神宮のご神体だと考えられている。

須佐之男神《すさのおのみこと》が八岐《やまたの》大蛇《おろち》を斬った十拳剣は、「蛇麁正《おろちのあらまさ》」と名付けられて備前《びぜん》国の石上布都《いそのかみのふつ》之《の》魂《みたま》神社にまつられている。

天叢雲剣《あめのむらくものつるぎ》は倭建命《やまとたけるのみこと》の事績にちなんで、「草薙剣《くさなぎのつるぎ》」と呼ばれるようになった。天叢《あめのむら》雲剣《くものつるぎ》は天孫降臨のときに、八咫鏡《やたのかがみ》とともに天照大御神《あまてらすおおみかみ》から邇邇芸命《ににぎのみこと》に伝えられたとされる。

そして崇神《すじん》天皇のとき、倭比売命《やまとひめのみこと》が大和国笠縫邑《やまとのくにかさぬいむら》で八咫鏡と天叢雲剣《あめのむらくものつるぎ》を用いて、天《あま》照大御神《てらすおおみかみ》をまつるようになったとある。このとき鏡と剣の複製がつくられ、大王の身辺の守りとされた。これと八坂瓊勾玉《やさかにのまがたま》を合わせたものが、宮中に伝わる三種の神器だという。『古事記』などは、伊勢神宮ができたのちに倭比売命《やまとひめのみこと》が、伊勢を通って東征に向かう倭《やまと》建命《たけるのみこと》に天叢雲剣《あめのむらくものつるぎ》を与えたと記す。そして倭建命《やまとたけるのみこと》が天叢雲剣《あめのむらくものつるぎ》で野原の草をなぎ払って窮地を脱し、悪者を退治したことによって、その剣が「草薙剣《くさなぎのつるぎ》」と名付けられたとある。

このあと草薙剣《くさなぎのつるぎ》は倭建命《やまとたけるのみこと》から尾張氏に与えられてまつられた。かつて尾張国を支配した尾張氏が、独自に神剣の祭祀を行なっていたのであろう。しかし尾張を拠点に東国進出をもくろむ王家が、尾張氏と結ぶためにその神剣を王家の神器とした。

これは、倭建伝説が整えられた、六世紀末の出来事ではあるまいか。

（物語の続き）

須佐之男神《すさのおのみこと》は立派な須賀宮《すがのみや》を建設して、櫛名田比売《くしなだひめ》を妻にむかえた。このあと須佐之《すさの》

須佐之男神の子孫の神々

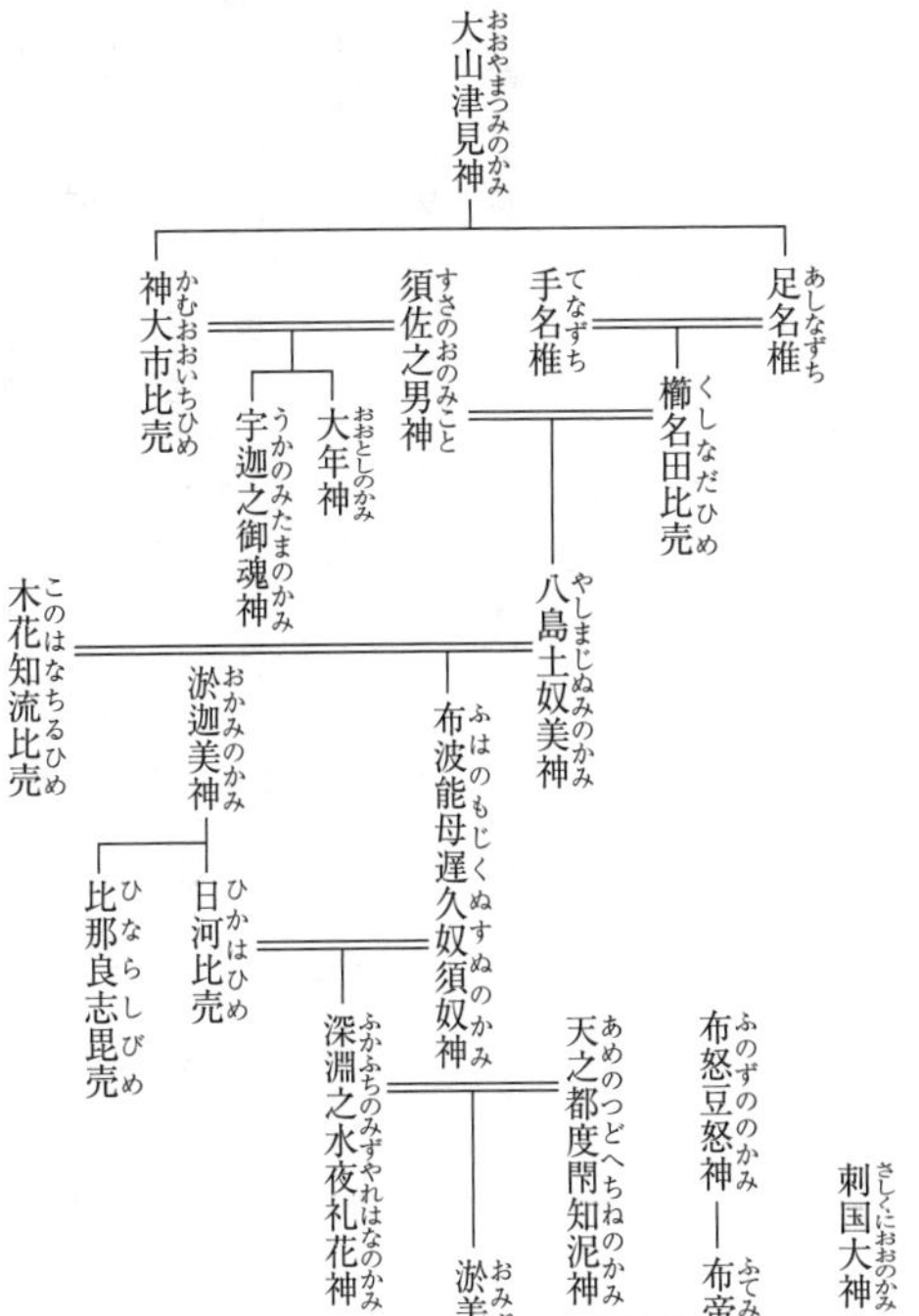

男神《おのみこと》の子孫が、出雲国で繁栄した。

須佐之《すさの》男神《おのみこと》から数えて六代目の子孫に、大国主神《おおくにぬしのかみ》という立派な神さまが出た。かれには八十神《やそがみ》と呼ばれる多くの兄神がいた。因幡《いんば》に八上比売《やがみひめ》という美しい女神がいたので、八《や》十神《そがみ》は大国主神《おおくにぬしのかみ》をお供に八上比売《やがみひめ》に求婚に出かけた。

八十神《やそがみ》が気多《けた》の前《さき》に着くと、毛をむしられた兎が倒れていた。このときかれらはいたずら心から、兎を困らせようと、

「兎よ。体に毛を生やしたければ海の水につかって、山の上で風に吹かれていなさい」

と教えた。

八　稲羽の素兎

（本文の訳文）

潮水につかった兎が風に吹かれていると、毛をむしられたときに、あちこちに切り傷の

ついた皮膚が裂けてひび割れ、はげしい痛みに襲われた。兎が泣いていると、そこに大きな荷物を背負った大国主神《おおくにぬしのかみ》が来られた。

大国主神《おおくにぬしのかみ》は兎をみかけると、やさしく問いかけられた。

「兎さん。あなたはどうしてそんなに泣いておられるのか」

兎は大国主神《おおくにぬしのかみ》のやさしい声を聞いて、か細い声で自分の身の上を語りはじめた。

「私は、隠岐《おき》島にいた兎です。本土に渡ろうとしたのですが、そのすべがありません。そこで海に住む鰐《わに》（巨大なサメ）をだまして海を渡ろうと考えました。

『あなたの身内と私の身内とでは、どっちの数が多いのでしょう。くらべてみましょう。あなたがたの一族を連れてきて、ここから気多の前まで並べて下さい。そうすれば私がその背中を通って、数を数えましょう』

こう言ったところ多くの鰐が集まってきて、一列にずらりと並びました。そこで私は鰐の背中をつたって本土に来られたのです。しかし私は地上に降り立とうとするときに、おかしさをこらえきれなくなってしまいました。そのためつい、こう言ってしまったのです。

『お人好しの鰐さん、ありがとう。私は海を渡りたくて、あなたたちをだましたのだよ』

最後にいた鰐がこれを聞いて、私をつかまえました。私は必死で暴れたのですが、毛を

すっかりむしられてしまいました。私が泣き伏していたところに、八十神《やそがみ》が来られました。そして、

『海の水につかってから、乾かすように』

と教えたのです。かれらの言いつけに従ったところ、私の体は裂けて傷だらけになりました」

この話を聞いた大国主神《おおくにぬしのかみ》は、兎を大そう気の毒にお思いになられた。これまでの苦しみで兎は十分に鰐をだましたつぐないをした。こう考えられた大国主神《おおくにぬしのかみ》は一言一言を確かめるような語り方で、ていねいに兎に傷の治療法を教えられた。

「すぐあそこにみえる河口まで行って、そこのきれいな真水で海の塩を洗い落としなさい。そのあと河口に生えている蒲《がま》の花をむしって、それを下に敷いて寝転んでいなさい。あなたの体は傷に効く蒲の花粉の力で、きっと元通りになるから」

兎は大国主神《おおくにぬしのかみ》のおかげで、元気な体になった。この兎が稲羽の素兎《しろうさぎ》で、いまは兎神《うさぎがみ》としてまつられている神さまである。

教えを聞いたとき、兎は大国主神《おおくにぬしのかみ》に感謝してこう言った。

「あんな意地の悪い八十神《やそがみ》では、八上比売《やがみひめ》をご自分のものにできますまい。大きな袋を背

白兎神社と白兎海岸

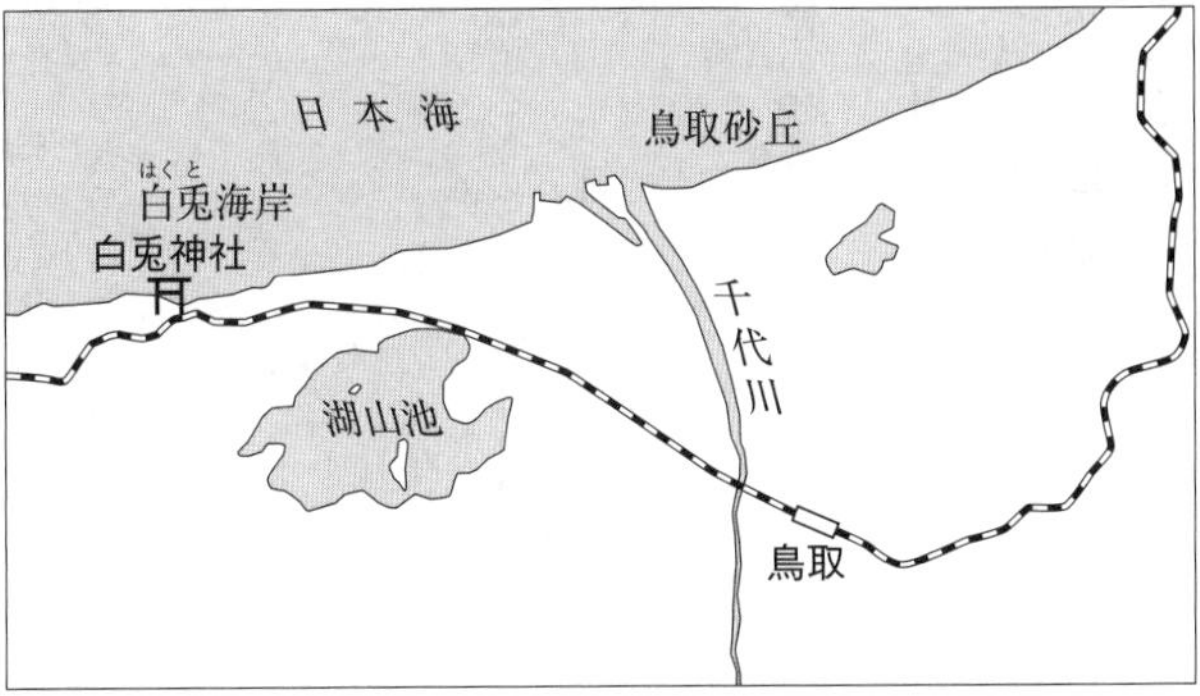

負わされてお供にさせられていても、あなたは心の優しい方です。八上比売《やがみひめ》はきっと大国主《おおくにぬし》さまの妻になりたいとおっしゃるに違いありません」

解説

15　稲羽の素兎
稲羽の素兎の物語の舞台になった気多の前のあたりは、現在は白兎《はくと》海岸と呼ばれている。そしてその近くに、稲羽の素兎をまつる白兎神社がある。

古代の日本人は、人間、動物、植物などのあらゆる自然物に霊魂が宿るとする精霊崇拝《せいれいすうはい》（アニミズム）の考えをもっていた。そのため動物が神や神のつかいとされたり、巨大な樹木が神木《しんぼく》と考えられた。

鰐は海の神で、稲羽の素兎は気多の前周辺の人びとがまつった神であった。この素兎の神が大国主《おおくにぬし》の神《かみ》という有力な神に従ったことを伝えたのが、稲羽の素兎の神話である。

稲羽の素兎の物語は、日本に広くみられる「まれびとの来臨《らいりん》」の民話と共通する性格をもっている。日本各地に、「まれびと」と呼ばれる神がさまざまな姿で人間の前に現われる話が伝わっている。舌切り雀、笠地蔵、鼠の浄土などの、まれびとを主題とする民話は多い。

神は傷をおっていたり、空腹であったりする。このようなまれびとに親切にした者が、まもなく大きなご利益を得たというのである。

大国主神《おおくにぬしのかみ》は稲羽の素兎と出会ったことをきっかけに、国づくりの有力な神に成長していく。


(物語の続き)


八上比売《やがみひめ》は稲羽の素兎の言葉どおりに、大国主神《おおくにぬしのかみ》を自分の結婚相手に選んだ。そのため八十神《やそがみ》は、大いに怒った。大国主神《おおくにぬしのかみ》は三度、八十神《やそがみ》に殺された。しかしそのたびにかれは、母神に助けられた。

このあと大国主神《おおくにぬしのかみ》は母のすすめで紀伊国の大屋毘古神《おおやびこのかみ》を頼ったが、八十神《やそがみ》は紀伊国ま

大国主神の子孫

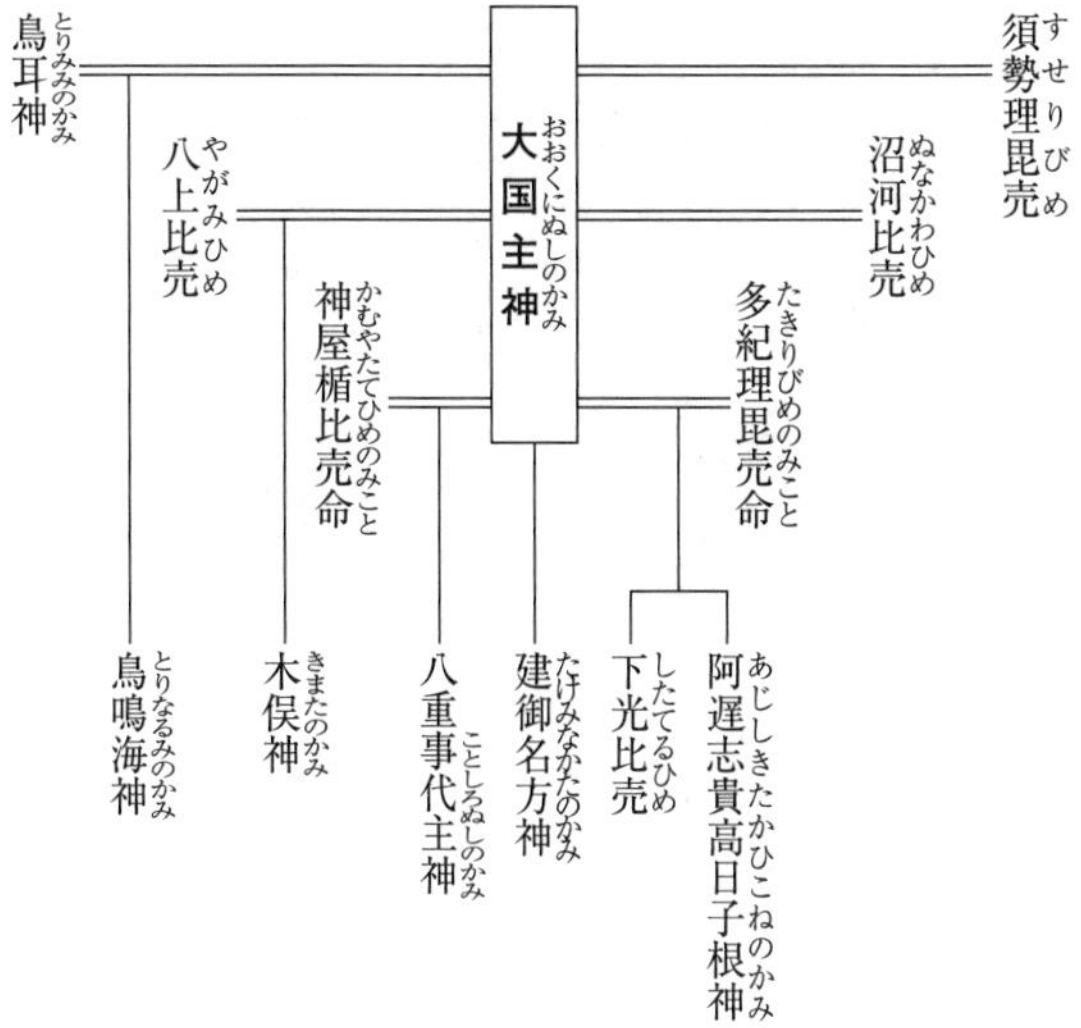

で追ってきた。そのために大屋毘古《おおやびこの》神《かみ》は大国主神《おおくにぬしのかみ》に、須佐之男神《すさのおのみこと》のいる根国《ねのくに》に行くようにすすめた。
大国主神《おおくにぬしのかみ》が根国に着くと、須佐《すさ》之男神《のおのみこと》の娘の須勢理毘売《すせりびめ》が出むかえた。大国主神《おおくにぬしのかみ》と須勢理毘売《すせりびめ》は互いにひかれ合ったが、須佐之男神《すさのおのみこと》は大国主神《おおくにぬしのかみ》につぎつぎに試練を課した。
しかし大国主神《おおくにぬしのかみ》は、須勢理毘売《すせりびめ》や野原の鼠の助けによって試練を乗り切った。このあと大国主神《おおくにぬしのかみ》は須佐之男神《すさのおのみこと》の宝物を奪い須勢理毘売《すせりびめ》を連れて、須佐之男神《すさのおのみこと》が眠っているすきに地上に逃げ帰った。
こうして大国主神《おおくにぬしのかみ》は根国の神宝

の呪力を用いて、八十神《やそがみ》を従えて地上の統治者となった。大国主神《おおくにぬしのかみ》は幾人かの女神と恋をして、数えきれないほどの子孫を残した。

九　少名毘古那神の来訪

（本文の訳文）


大国主神《おおくにぬしのかみ》がある日、出雲国の美保《みほ》の岬に行かれたとき、海の彼方からやって来られる一人の小さな神をみかけられた。その神はガガイモという小さな草の実の船に乗られて、蛾《が》の皮を丸はぎにしてつくった服を身につけておられた。

大国主神《おおくにぬしのかみ》がその神に、

「あなたは、どなたですか」

とお尋ねになられたところ、その神は軽く首を振られて、お答えにならなかった。大国《おおくに》主神《ぬしのかみ》はこのあと自分のお供の神々にお聞きになられたが、誰もその神のお名前を知らなかった。

するとガマガエルが神々の一行に近づいてきて、こう申し上げた。

「久延毘古《くえびこ》（かかし）は、大そうな知恵者です。久延毘古《くえびこ》ならきっとあの神のことを、存じているでしょう」

そこで大国主神《おおくにぬしのかみ》が久延毘古《くえびこ》を連れてこさせて尋ねられたところ、久延毘古《くえびこ》はこう答えた。

「この神さまは、空の上におられる神産巣日神《かみむすひのかみ》のお子さまで、少名毘古那神《すくなびこなのかみ》とおっしゃるお方です」

これを聞かれて大国主神《おおくにぬしのかみ》は早速、神産巣日神《かみむすひのかみ》におうかがいをたてられた。すると尊い御祖神《みおやがみ》である神産巣日神《かみむすひのかみ》から、仰《おお》せがあった。

「少名毘古那神《すくなびこなのかみ》は、間違いなく私の子である。この神が私の手の指の間から地上にこぼれ落ちたので、どこにいるか気にかけていたところじゃ」

さらに神産巣日神《かみむすひのかみ》は、少名毘古那神《すくなびこなのかみ》にこう命じられた。

「少名毘古那神《すくなびこなのかみ》よ。お前は大国主神《おおくにぬしのかみ》と兄弟となって、地上をよく治めて立派な国をつくりなさい」

このあと大国主神《おおくにぬしのかみ》と少名毘古那神《すくなびこなのかみ》は、互いに助け合って、国づくりをなされた。

解説

16　国づくり

『古事記』などの神話にみえる「国づくり」は、日本の国土となる土地を創造することではない。日本の国土をつくったのは、伊邪那岐神《いざなきのかみ》、伊邪那美神《いざなみのかみ》の夫婦の神であった。

大国主神《おおくにぬしのかみ》の役目は、日本という土地に住む人びとの生活を安定させることにあった。

『日本書紀』の異伝のなかに大国主神《おおくにぬしのかみ》と少名毘古那神《すくなびこなのかみ》が、「天下《あめのした》を経営《つく》る」と記したものがある。そこには大小二柱の神が、人間や家畜の病気を治療する方法を広めたり、鳥や獣《けもの》、昆虫の災いを防ぐ方法を教えたりしたと記されている。

二柱の神はこれだけではなく、人びとを指導して農地を開発し、新たな農業技術を生み出したりもしたと考えられる。古代人は、力のある大きな神と知恵のある小さな神とが協力することによって、国づくりが可能になったと考えた。

大和朝廷がおいた「くにのみやつこ」という地方官は、「国造」と表記された。これは当時、人びとの生活を安定させることが国造の役割だと考えていたことを物語っている。

17　少名毘古那神

『日本書紀』には、少彦名命《すくなひこなのみこと》（少名毘古那神《すくなびこなのかみ》）は国づくりを終えたのちに粟《あわ》の茎にはじかれて常世《みよ》国に行ったと記している。小さな神が粟の茎に登って遊んでいたところ、茎がしなって遠くまで飛ばされてしまったというのだ。

この話から、少名毘古那神《すくなびこなのかみ》が常世国の神だと考えられていたことがわかる。常世国は海の彼方にある、祖霊が住む地である。

『出雲国風土記』と『播磨国風土記』に、少名毘古那神《すくなびこなのかみ》が大国主神《おおくにぬしのかみ》とともに稲種を広めてまわった話がみえる。このことから少名毘古那神《すくなびこなのかみ》を穀霊《こくれい》、つまり稲の精霊とみる説も出されている。

大きな大国主神《おおくにぬしのかみ》が、土地を開発して水をひく。そして小さな少名毘古那神《すくなびこなのかみ》が、穀霊として稲を育てると考えられていたのである。もともとは、大国主神《おおくにぬしのかみ》と少名毘古那神《すくなびこなのかみ》の一対の神が稲作を広めたとする神話が行き渡っていたのであろう。

そして『古事記』などの神話がつくられる段階になって、大国主神《おおくにぬしのかみ》が主役に、少名毘《すくなび》古那神《こなのかみ》は脇役にされた。これは、国譲りの神話（六八頁）で大国主神《おおくにぬしのかみ》が重要な役目を負わされたことからくるものであろう。『古事記』は少名毘古那神《すくなびこなのかみ》を神産巣日神《かみむすひのかみ》の子とするが、『日本書紀』の異伝のなかには少名毘古那神《すくなびこなのかみ》を高御産巣日神《たかみむすひのかみ》の子神とする記述もある。こういった系譜は、つぎのような主張によってつくられたのであろう。

「大国主神《おおくにぬしのかみ》が、とくに偉いわけではない。かれは造化三神の力をかりてはじめて、国づくりができた」


(物語の続き)


大国主神《おおくにぬしのかみ》が少名毘古那神《すくなびこなのかみ》が去ってしまったことを悲しんでいると、海を照らした新たな神が大国主神《おおくにぬしのかみ》を助けに来た。この神は三輪山《みわ》の神で、大国主神《おおくにぬしのかみ》と一心同体であった。

三輪山の神の助けをうけた大国主神《おおくにぬしのかみ》のもとで、地上の人びとの生活は安定しているようにみえた。しかし天照大御神《あまてらすおおみかみ》は、そのありさまに不満足であった。彼女は「日本はわが子の正勝吾勝勝速日天忍穂耳命《まさかつあかつかちはやひあめのおしほみみのみこと》が治める国である」と言って、高御産巣日神《たかみむすひのかみ》の助けを得て、大国主神《おおくにぬしのかみ》を従わせようとした。

このとき天之菩比命《あめのほひのみこと》が大国主神《おおくにぬしのかみ》への使者として送られた。ところがかれは、大国主《おおくにぬしの》神《かみ》に媚びへつらって使命をはたせなかった。ついで降った天若日子《あめのわかひこ》も地上の支配者にな

国譲りの使者たち

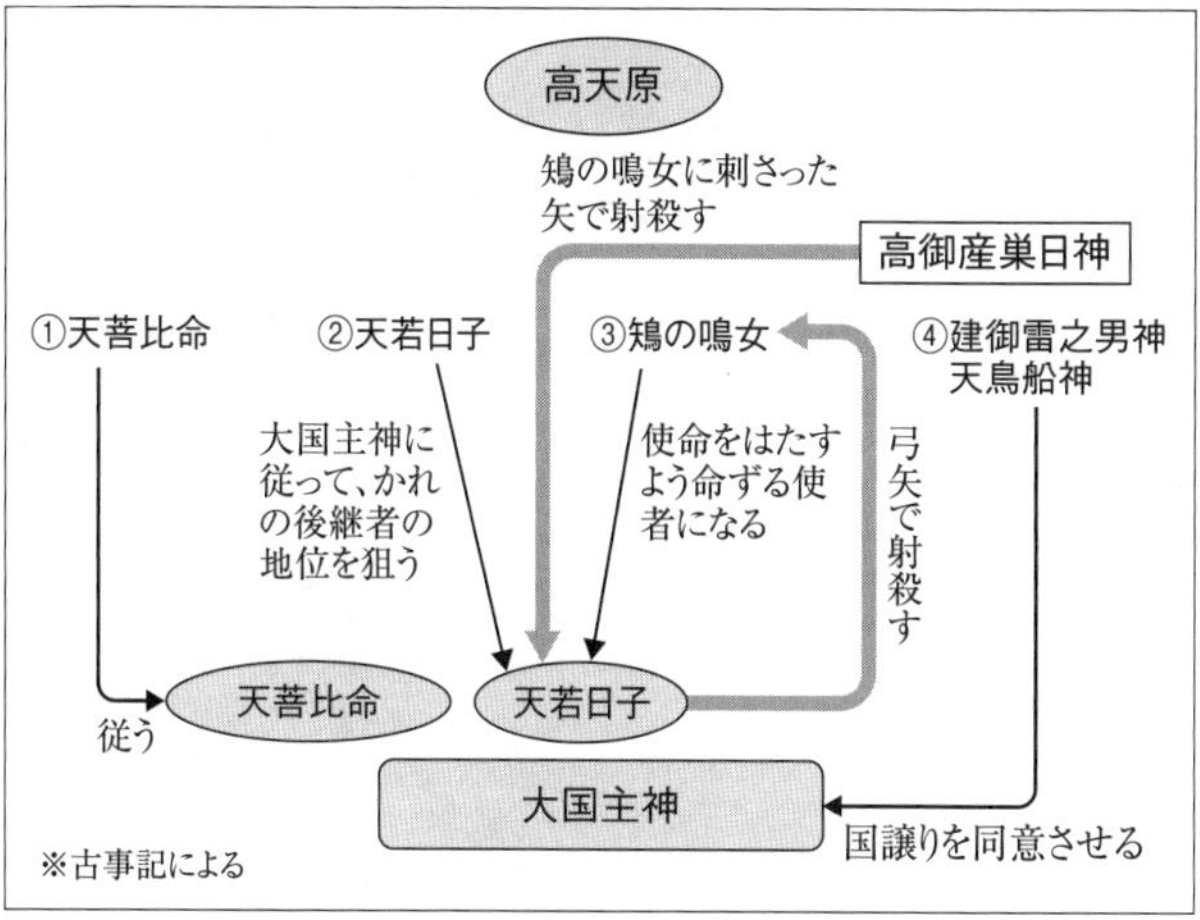

ろうともくろんで、すすんで大国主神《おおくにぬしのかみ》に近づいていった。
雉《きぎし》の鳴女《なきめ》が天若日子《あめのわかひこ》を諫める使者になったが、鳴女は天若日子《あめのわかひこ》の弓矢に射《い》られて亡くなった。高御産巣日神《たかみむすひのかみ》が鳴女に刺さった矢を地上に落としたところ、その矢が天若日子《あめのわかひこ》の体を貫いた。
このあと天若日子《あめのわかひこ》の父の天津国玉神《あまつくにたまのかみ》が地上に降って、息子の葬式を行なった。ところがこの父神は、大国主神《おおくにぬしのかみ》の子神の阿遅志貴高日子根神《あじしきたかひこねのかみ》を怒らせて葬礼を滅茶苦茶にされた。
天照大御神《あまてらすおおみかみ》は今度こそ強い神を送って、大国主神《おおくにぬしのかみ》を従えようと考えた。そのため空と地上とを往来する船を操《あやつ》る天鳥船神《あめのとりふねのかみ》を従えた武勇の神、建御雷之男神《たけみかずちのおのかみ》が送られた。建御雷之男神《たけみかずちのおのかみ》は伊那佐《いなさ》の浜で、大国主神《おおくにぬしのかみ》に国譲りを迫った。このとき大国主神《おおくにぬしのかみ》は「私の子神に相談したうえで、お答えしましょう」と返事した。

まず八重事代主神《ことしろぬしのかみ》が呼ばれてきた。かれは地上を天照大御神《あまてらすおおみかみ》の子神に譲ることにすんで同意した。このあと大国主神《おおくにぬしのかみ》は、「事代主神《ことしろぬしのかみ》の弟の建御名方神《たけみなかたのかみ》の意見も聞きたい」と申し上げた。

そこに建御名方神《たけみなかたのかみ》が、一〇〇〇人がかりでようやくもち上がるほどの巨大な石を両手でささげてやってきた。

一〇　建御雷之男神と建御名方神の力くらべ

(本文の訳文)

建御名方神《たけみなかたのかみ》は建御雷之男神《たけみかずちのおのかみ》をみて、怒りをあらわに大声で呼びかけられた。

「お前は、何者だ。わが国に来て、そのようにひそひそ話をするやつは。わが国を、取ろうというのか。それならば、俺と力くらべの勝負をしてみよ。まず俺が先にお前の手を取って、握りつぶしてやろう」

こう言われたあと建御名方神《たけみなかたのかみ》は大岩を投げ捨てて、力まかせに建御雷之男神《たけみかずちのおのかみ》の手をつかまれた。

すると不思議なことに剣の切先《きっさき》の上にあぐらをかいていた建御雷之男神《たけみかずちのおのかみ》の手は、たちまち鋭くとがった氷にかわった。さらにその氷は、切れ味のよい剣の刃に変化した。

建御雷之男神《たけみかずちのおのかみ》は痛さのあまり、手を離された。かれが恐れてしり込みされたところに、建御雷之男神《たけみかずちのおのかみ》が迫っていかれた。

建御雷之男神《たけみかずちのおのかみ》は「今度は、お前の手をつかんでやる」と言われて、す早く建御名方神《たけみなかたのかみ》の手を握られる。すると建御名方神《たけみなかたのかみ》の手は、はえたばかりの柔らかな葦《あし》の葉のように、やすやすと握りつぶされてしまった。建御雷之男神《たけみかずちのおのかみ》はその手を一気に引き抜かれて、むこうへほうり捨てられた。

建御名方神《たけみなかたのかみ》は恐ろしさのあまり、一目散に駆け出された。かれは日本海を東北にすすみ、越後から内陸に入ってひたすら逃げられた。建御雷之男神《たけみかずちのおのかみ》は、どこまでもこれを追

建御名方神の逃走路

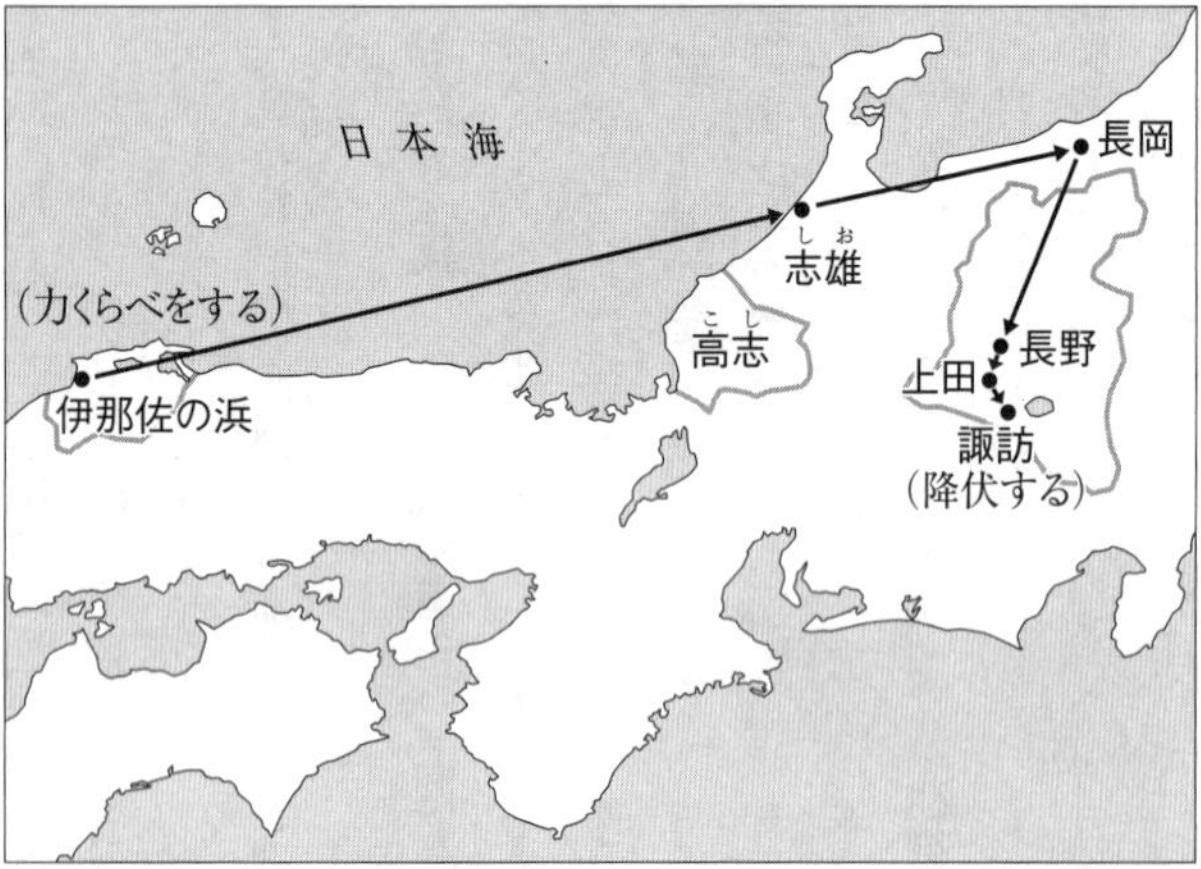

われた。
諏訪湖にきたところで、建御名方神《たけみなかたのかみ》は建御雷之男神《たけみかずちのおのかみ》に追いつかれて降伏された。かれはそのとき、こう誓われた。
「恐れ入りました。命だけは、お助け下さい。私はこのあと、諏訪の地から一歩も出ないことを、固くお誓いします。また父の大国主神《おおくにぬしのかみ》、兄の事代主神《ことしろぬしのかみ》の命に従って、この地上を天津神《あまつかみ》の御子にさし上げます」

解説

18　建御名方神と諏訪
建御名方神《たけみなかたのかみ》は、信濃《しなの》国の諏訪《すわ》大社の祭神である。その神は農耕神の性格と狩猟の神の特質とをあわせもつ、他の地域にみられない独自の神である。
六、七世紀に朝廷は、神話の整備や祭祀の統制に力を入れた。これによって、全国の神々を皇祖神天照大御神《あまてらすおおみかみ》を頂点とした秩序のなかに組み込もうとしたのだ。しかし諏訪の豪族は中央の統制を受け入れずに、天照大御神《あまてらすおおみかみ》信仰以前の神道を守り続けた。
中央では、奈良時代に神仏習合が始まった。しかし諏訪大社が神仏習合をとり入れるのは、鎌倉時代になってからである。朝廷の人びとがこのような独自の伝統を重んじた諏訪のあり方を、「諏訪から出ないと誓った建御名方神《たけみなかたのかみ》」と表現したのであろう。

建御雷之男神《たけみかずちのおのかみ》と建御名方神《たけみなかたのかみ》の力くらべの話は、劇的に生き生きと書かれている。二柱の神の言葉は、実在する力自慢の人間の争いを想像させる。しかしこの力くらべの神話は、『日本書紀』には出てこない。

しかも建御名方神《たけみなかたのかみ》の名前は、『古事記』の大国主神《おおくにぬしのかみ》関連の系譜にはみえない。諏訪のがわにも、大国主神《おおくにぬしのかみ》を建御名方神《たけみなかたのかみ》の父神として重んじた様子はない。

こういったことからみて、建御名方神《たけみなかたのかみ》の話はのちに加えられた可能性が高い。もとの国譲りの物語は、話し合いによって大国主神《おおくにぬしのかみ》を神としてまつり上げる平和なものではなかったろうか。

鹿島神宮と香取神宮

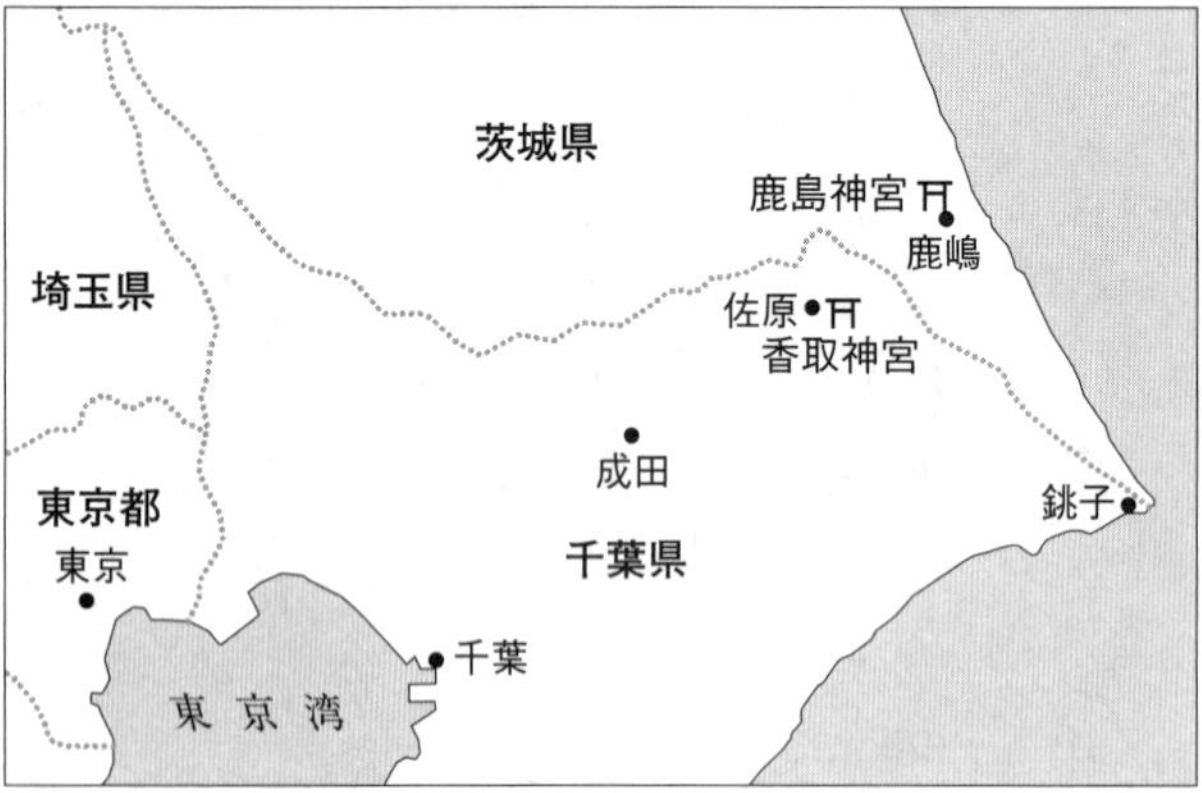

19　建御雷之男神と中臣氏

建御《たけみ》雷《かずち》之《の》男神《おのかみ》は、茨城県鹿島《かしま》市の鹿島神宮の祭神である。古代には関東地方の神社のなかで、この鹿島神宮と千葉県佐原《さはら》市の香取《かとり》神宮が朝廷からとくに重んじられた。香取神宮の祭神は、経津主神《ふつぬしのかみ》である。『日本書紀』は経津主《ふつぬしの》神《かみ》を軻遇突智《かぐつち》（火之迦具土神《ひのかぐつちのかみ》）の子孫とする。

鹿島神宮と香取神宮のあたりは、霞ヶ浦と利根川のある水の豊かな地である。現在そこは水郷と呼ばれる。古墳時代から奈良時代にかけて水郷周辺で、水上交通による交易がさかんに行なわれた。

そこを治めた豪族がまつった土地の神が、鹿島神宮と香取神宮となった。そして朝廷の神話の系譜が整えられていくなかで、関東の有力な神である建御雷之男神《たけみかずちのおのかみ》と経津主神《ふつぬしのかみ》は火の神・火之迦具土神《ひのかぐつちのかみ》（軻遇突智《かぐつち》）の子孫とされた。

六世紀に朝廷の祭祀を担当する中臣氏が、鹿島や香取の豪族と結びついたらしい。中臣鎌足《かまたり》のときに鎌足は藤原の姓を授かるが、その藤原氏の氏神が奈良市の春日《かすが》大社である。

春日大社の四柱の祭神のなかに、建御雷之男神《たけみかずちのおのかみ》と経津主神《ふつぬしのかみ》がみえる。中臣氏は、忌部《もののべ》氏とともに祭祀担当の中央豪族の立場で、出雲の支配に関与した。そのために、建御雷《たけみかずち》之男神《のおのかみ》が大国主神《おおくにぬしのかみ》を従えたという神話がつくられたのであろう。

『日本書紀』の異伝のなかには、建御雷之男神《たけみかずちのおのかみ》と経津主神《ふつぬしのかみ》が国譲りの使者となったと伝えるものもある。


（物語の続き）


建御名方神《たけみなかたのかみ》が敗れたために、大国主神《おおくにぬしのかみ》はあっさり国譲りに同意した。このあと大国《おおくに》主神《ぬしのかみ》は、立派な建物をもつ出雲大社でまつられることになった。

正勝吾勝勝速日天忍穂耳命《まさかつあかつかちはやひあめのおしほみみのみこと》は高御産巣日神《たかみむすひのかみ》の娘を妻にして、邇邇芸命《ににぎのみこと》という子神をもうけた。そのために天照大御神《あまてらすおおみかみ》は邇邇芸命《ににぎのみこと》を地上に降らせることにした。

天孫降臨の地

邇邇芸命《ににぎのみこと》が地上に降ろうとするみちに、怪しい姿の猨田毘古《さるだびこ》という神がいた。そこで天照大御神《あまてらすおおみかみ》は天宇受売命《あめのうずめのみこと》を送って、猨《さる》田毘古《だびこ》を従えた。このあと邇邇芸命《ににぎのみこと》は天《あま》照大御神《てらすおおみかみ》から八咫鏡などの宝物をもらい、天児屋命《あめのこやねのみこと》、布刀玉命《ふとだまのみこと》など多くの家来の神を従えて、日向《ひむか》国の高千穂《たかちほ》の霊峰にお降りになった。
このあと猨田毘古《さるだびこ》は、天宇受売命《あめのうずめのみこと》を妻にむかえた。しかしかれはそのあと比良夫《ひらぶ》貝という巨大な貝に手をはさまれて、溺れ死んでしまった。
地上に降った邇邇芸命《ににぎのみこと》が笠沙《かささ》の御前《みさき》に出かけたところ、美しい娘に出会った、邇邇芸《ににぎの》命《みこと》が名前を尋ねると、彼女は大山津見神《おおやまつみのかみ》の娘木花之佐久夜毘売《このはなのさくやびめ》で、石長比売《いわながひめ》という姉がいると答えた。そこで邇邇芸命《ににぎのみこと》は使者を送って、木花之佐久夜毘売《このはなのさくやびめ》を妻にむかえたいと、大山津見神《おおやまつみのかみ》に申し入れた。

日向三代の系図

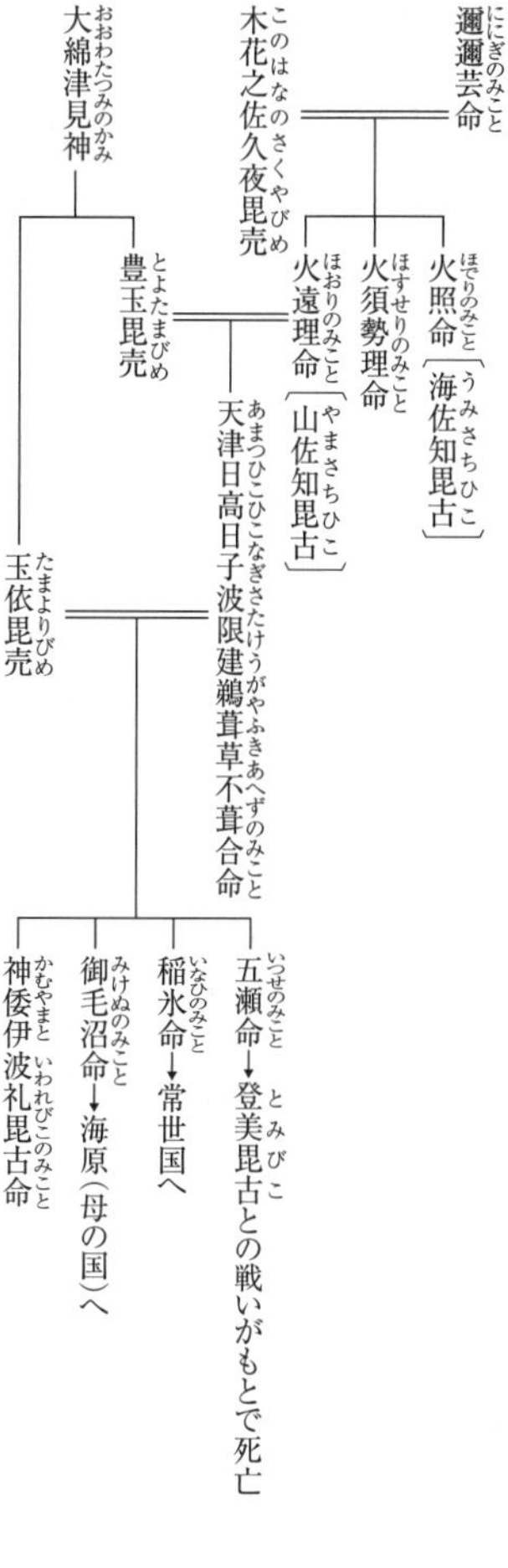

二　醜い姉と美しい妹

（本文の訳文）

大山津見神《おおやまつみのかみ》は、尊い天孫邇邇芸命《ににぎのみこと》からの名誉ある話をいただいて、大いに喜ばれた。

そこで木花之佐久夜毘売《このはなのさくやびめ》だけでなく、姉の石長比売《いわながひめ》も妻にしてもらおうと邇邇芸命《ににぎのみこと》のもとに送られた。そして二人の娘に多くの従者をつけて、かれらに百の台の上に盛ったさまざまな品物をもたせてお祝いの贈り物とされた。

ところが、石長比売《いわながひめ》は妹と似ても似つかぬ平凡な顔だち、悪く言えば醜い顔をしていた。邇邇芸命《ににぎのみこと》は石長比売《いわながひめ》をみて、

「日本を治める君主がこのていどの娘を后《きさき》にすると、家来たちに軽くみられてしまう」

と考えられた。そのために姉にあれこれ言い聞かせて親もとに返し、妹の木花之佐久夜毘売《このはなのさくやびめ》だけを留《とど》められた。

石長比売《いわながひめ》が戻ってきたので、大山津見神《おおやまつみのかみ》は大いに恥じ入って邇邇芸命《ににぎのみこと》にこう申し送られた。

「私が二人の娘をお送りしたわけを、お話ししましょう。石長比売《いわながひめ》も愛して下されば、よろしかったのに。そうされれば天津神の子邇邇芸命《ににぎのみこと》さまの命は、雪が降り風が吹いても、岩のように永遠に変わらずにあられましたのに。

木花之佐久夜毘売《このはなのさくやびめ》をお召しになったお方は木に花が咲きほこるように繁栄されますから、石長比売《いわながひめ》を返されて木花之佐久夜毘売《このはなのさくやびめ》一人をお留《とど》めになられても、楽しい人生はお送りに

なれます。しかし天津神の御子たちのお寿命は、花が咲いてやがて散ってしまうようにははかないものになってしまわれます」

解説

20　日向三代と天皇の寿命

日本人は古くから、「神さまは永遠に生きる」という考えをもっていた。これは精霊崇拝にもとづく、霊魂すなわち神は不滅であるとする信仰の上にたつものである。

しかし神さまを主人公とする神話がつくられたために、それまでは形のない霊魂であった不死の神さまが人間に似た姿で描かれるようになった。天皇は天照大御神《あまてらすおおみかみ》の子孫である。この天照大御神《あまてらすおおみかみ》は永遠に生きて、人びとを見守り続けている。しかし人間である天皇は、限られた寿命のなかでしか生きられない。

このような矛盾を解決するために、神話のどこかで神の子孫の命が有限なものになったとせざるを得なかった。そこで天皇の先祖の寿命は、高天原《たかまがはら》から地上に降った邇邇芸命《ににぎのみこと》の代から人間のものに近くなったとする話がつくられた。

邇邇芸命《ににぎのみこと》にはじまる日向《ひむか》三代は、「人間に近い神の世代」である。邇邇芸命《ににぎのみこと》のときから、高天原《たかまがはら》の神の子孫はしだいに人間に近くなっていくのである。

邇邇芸命《ににぎのみこと》は、醜い石長比売《いわながひめ》を受け入れなかった。そのために人間の寿命は限りあるものになり、人間と山の世界との交流も疎遠なものにかわる。そして邇邇芸命《ににぎのみこと》の子、火遠理命《ほおりのみこと》のときに、人間は海の世界と行き来する道をふさがれたという。

21　バナナ型神話と日本

醜い姉と美しい妹の神話は、南方に広く分布するバナナ型神話と共通する。バナナ型神話は、

「小さなあやまちから人間の寿命は限りあるものになった」

とするものである。

インドネシアのセレベス島のアルフール族には、つぎのような神話がみられる。

「人間は古くは、天から神が縄にゆわえて下ろしてくれる贈り物を食べて生活していた。石を下ろされたときに、人間は『これは食べられません』と言った。すると神がバナナを授けてくれた。人間は喜んで、それを食べた。

するると神がこう言った。『石を選べば不死の体になったのに、バナナを食べたために人

間の命はバナナのようにはかなくなった』」

このような神話が日本に伝えられて、広まっていた。稲作を行なう古代の日本人はバナナを食べないので、石とバナナが、日本では石と花にかえられたのであろう。

神さまが食物として与えてくれた石であるから、それを食べて生きることもできたであろう。しかしアルフール族の先祖は毎食、不味《まず》い石を食べるより、旨《うま》いバナナを主食にして人生を楽しもうと考えた。

『古事記』では大山津見神《おおやまつみのかみ》が、木花《このはな》之佐久夜毘売《のさくやびめ》を選んだ天孫は、花が咲くような充実した人生を送ることができると言ったという。これは限りある人生だから嫌いなことは避けて、明るく楽しく過ごすのがよいという教えでもある。

バナナ型神話の分布

出典：『神話から歴史へ』(井上光貞著、大林太良作図、中央公論社刊)に加筆
※本図のほか、北米大陸北西岸に同型の神話がある。

（物語の続き）

木花之佐久夜毘売《このはなのさくやびめ》は、邇邇芸命《ににぎのみこと》の子を三人、同時に出産された。そのなかの火照命《ほでりのみこと》は海佐知毘古《うみさちひこ》、火遠理命《ほおりのみこと》は山佐知毘古《やまさちひこ》と名乗られた。海佐知毘古《うみさちひこ》は海で釣りを、山佐知毘《やまさちひ》古《こ》は山で狩りを行なわれていた。ある日、山佐知毘古《やまさちひこ》が兄に、

「一日だけ二人の道具を取りかえて、いつもと違う仕事をしましょう」

と申し出られた。

兄もその案に従われたが、山佐知毘古《やまさちひこ》はうっかり兄の釣針を失ってしまった。山佐知毘《やまさちひ》古《こ》は自分の剣から一〇〇〇本の釣針をつくって兄に詫《わ》びられたが、兄は許さず、「もとの釣針を返せ」と責めたてられた。

そのために山佐知毘古《やまさちひこ》は塩椎神《しおつちのかみ》の助けをうけて、海の底の海神・大綿津見神《おおわたつみのかみ》のもとに釣針を探しに出かけられた。

海神の御殿の門の外に着かれた山佐知毘古《やまさちひこ》は、海神の娘豊玉毘売《とよたまびめ》の侍女に取り次ぎを頼んだ。

一二　海佐知毘古・山佐知毘古の物語

（本文の訳文）

豊玉毘売《とよたまびめ》は外に出て山佐知毘古《やまさちびこ》のお姿をみられたあと、父の海神のもとに行かれてこう言われた。

「門口に、大そう美しいお方がおられます」

これを聞いた大綿津見神《おおわたつみのかみ》は自ら外に出て、山佐知毘古《やまさちびこ》の姿をご覧になった。そしてまわりの者にこう言われた。

「あのお方は、高天原《たかまがはら》の貴い神さまの子孫であられる」

大綿津見神《おおわたつみのかみ》は急いで、山佐知毘古《やまさちびこ》を御殿のなかにお通しになられた。そしてアシカの皮を八枚重ねて敷き、さらにその上に絹の畳を一枚重ねた席をつくらせると、そこへ山佐知《やまさち》毘古《ひこ》を導かれた。そして多くの台に乗せたさまざまなご馳走を並べられて、山佐知毘古《やまさちびこ》をもてなした。やがて山佐知毘古《やまさちびこ》は海神の宮殿で、豊玉毘売《とよたまびめ》と夫婦になられた。

こうして山佐知毘古《やまさちひこ》が楽しく過ごしておられるうちに、三年の月日が流れた。

解説

22 失われた釣針の神話

海佐知毘古《うみさちひこ》・山佐知毘古《やまさちひこ》の物語は、新しい段階で『古事記』の日本神話につけ加えられた話であると考えられる。海佐知毘古《うみさちひこ》も山佐知毘古《やまさちひこ》も、その前後の皇室の祖先と異なる庶民に近い立場の者として描かれているからである。

海佐知毘古《うみさちひこ》、山佐知毘古《やまさちひこ》以外の日向《ひむか》三代の者は、多くの家来を従えた君主として活躍する。ところが海佐知毘古《うみさちひこ》も山佐知毘古《やまさちひこ》も、お供も連れずに自ら釣りや狩りをする日常をおくっていた。

これはありふれた庶民の兄弟争いの物語が、海佐知毘古《うみさちひこ》・山佐知毘古《やまさちひこ》の物語の形で日本神話に組み込まれたことを意味する。山佐知毘古《やまさちひこ》は海神の御殿に着いたところで、はじめて天孫としての扱いをうけたとされる。

海佐知毘古《うみさちひこ》・山佐知毘古《やまさちひこ》の物語のもとになった「失われた釣針」の話が、南方に広く分布している。いずれも誰かに借りた釣針を失った者が、海底に行って釣針を得たのちに幸福になるというものである。

インドネシアのセレベス島には、つぎの物語が伝わっている。

「ガウンサンという者が友達に借りた釣針をなくしたので、釣針を探しに海に潜《もぐ》っていった。すると海の底の村で、釣針を喉《のど》に刺して苦しんでいる少女に出会った。ガウンサンは自分がなくした釣針を少女の喉から抜いた。そのためかれは、少女の母から多くの贈り物をもらって地上に帰ることになった」

南方から伝わった「失われた釣針」の話が、古代の日本に広がっていた。この物語がこのあと（八六頁）に記すような、王家に伝わる、人間界と海の世界との絶縁の話と結びついたのであろう。


（物語の続き）


海神の御殿で夢のように楽しい三年間を過ごしたあとで、山佐知毘古《やまさちひこ》は失われた釣針のことを思い出した。山佐知毘古《やまさちひこ》が釣針のことを大綿津見神《おおわたつみのかみ》に話すと、海神は赤い鯛の喉に刺さった釣針をみつけてくれた。

山佐知毘古《やまさちひこ》は釣針をもって地上に帰ることになったが、このとき海神は兄が魚をとれなくなる呪いを教えてくれた。さらに山佐知毘古《やまさちひこ》は、海神から水を自由に操る潮盈珠《しおみつたま》と潮乾珠《しおふるたま》も授けられた。

山佐知毘古《やまさちひこ》は地上に戻って海佐知毘古《うみさちひこ》に釣針を返したが、海佐知毘古《うみさちひこ》はそのあと漁も稲作も思うようにできずに、三年経つとすっかり貧しくなってしまった。そのため海佐知毘古《うみさちひこ》は、豊かに暮らしている弟を激しく妬《ねた》んだ。海佐知毘古《うみさちひこ》は武器をもって攻めてくると、山佐知毘古《やまさちひこ》は潮盈珠《しおみつたま》の力で兄を溺れさせて従えた。海佐知毘古《うみさちひこ》の子孫が、隼人《はやと》である。かれらは海佐知毘古《うみさちひこ》をまねて、朝廷の儀式で溺れて苦しむさまをあらわす舞いを演じている。

このことがあったのちに豊玉毘売《とよたまびめ》が、地上の火遠理命《ほおりのみこと》（山佐知毘古《やまさちひこ》）を訪ねてきた。彼女は火遠理命《ほおりのみこと》の子を妊娠しているので、地上で産みたいというのである。

豊玉毘売《とよたまびめ》は、産屋《うぶや》に入るときに「けっして出産中の私をみないでください」と言った。ところがお産で苦しむ声を聞いた火遠理命《ほおりのみこと》は妻の安否が気になって、つい産屋のなかを覗きみした。

するとそこに八尋《やひろ》（一四メートル余り）もある巨大な鰐がいた。豊玉毘売《とよたまびめ》の正体は鰐の姿の巨人神であった。彼女は等身大の娘の姿で火遠理命《ほおりのみこと》と夫婦になっていたのである。

夫に姿をみられた豊玉毘売《とよたまびめ》は、大いに悲しんだ。「もう地上にはいられない」と言って海神のもとに帰り、地上と海の底とをつなぐ道をふさいでしまった。

このとき生まれた豊玉毘売《とよたまびめ》の子が、天津日高日子波限建鵜葺草葺不合命《あまつひこひこなぎさたけうがやふきあえずのみこと》である。まもなく豊玉毘売《とよたまびめ》の妹の玉依毘売《たまよりびめ》が、天津日高日子波限建鵜葺草葺不合命《あまつひこひこなぎさたけうがやふきあえずのみこと》を養育するために地上に来た。

このあと玉依毘売《たまよりびめ》は天津日高日子波限建鵜葺草葺不合命《あまつひこひこなぎさたけうがやふきあえずのみこと》の妻になって、四人の子供をもうけた。このなかの四男が、東征を行なって最初の天皇になった神倭伊波礼毘古命《かむやまといわれびこのみこと》である。次男の稲氷命《いなひのみこと》は、常世国に渡った。三男の御毛沼命《みけぬのみこと》は、母を慕って海神のもとに行った。

中巻

大和朝廷の誕生

一三　東征の開始

(本文の訳文)


神倭伊波礼毘古命《かむやまといわれびこのみこと》（神武天皇《じんむ》）は高千穂宮で、一番上の兄である五瀬命《いつせのみこと》とあれこれ相談した。そして、このような話になった。

「どこの地にいたら、安らかに天下を治められるであろう。西のはてにいるより、都とする地を求めて東の方に移るのがよかろう」

そのため神倭伊波礼毘古命《かむやまといわれびこのみこと》はまず兄とともに軍勢を引き連れて、日向から筑紫《つくし》（北九州）を目指した。そして一行が、豊後《ぶんご》国の宇佐に着いたときに、そこを治める宇沙都比古《うさつひこ》、宇沙都比売《うさつひめ》の出むかえをうけた。

かれらは足一騰宮《あしひとつあがりのみや》という御殿をつくり、食事をさし上げて神倭伊波礼毘古命《かむやまといわれびこのみこと》を歓迎した。そこから一行は筑前《ちくぜん》の岡田宮《おかだのみや》に遷《うつ》って、一年間を過ごした。

さらに神倭伊波礼毘古命《かむやまといわれびこのみこと》の一行は、安芸国《あき》の多祁理宮《たけりのみや》にすすんで、七年間滞在した。ついでかれらは備前国《びぜん》の高嶋宮《たかしまのみや》に遷って、八年間過ごした。

神倭伊波礼毘古命《かむやまといわれびこのみこと》の船団がここから上っていくと、速吸門《はやすいのと》にさしかかった。このとき神倭伊波礼毘古命《かむやまといわれびこのみこと》は、一人の老人に出会った。

かれは亀の甲羅に乗って釣りをしながら、しきりに手を振っていた。神倭伊波礼毘古命《かむやまといわれびこのみこと》は老人に、

「あなたは、どなたですか」

と尋ねた。すると老人は、

「私は、この土地の国神《くにつかみ》です」

と答えた。神倭伊波礼毘古命《かむやまといわれびこのみこと》が、「この先の航路を知っていますか」ときいたところ、老人は「よく知っています」と返事した。そこで神倭伊波礼毘古命《かむやまといわれびこのみこと》は頼もしい味方ができたと思い、こう尋ねた。

「私は天照大御神《あまてらすおおみかみ》の子孫の天孫で、都をつくるよい土地を探しています。もしよければ、私たちに従って東を目指しませんか」

すると老人は、こう答えた。

「尊いお方に出会えたのは、幸運です。喜んで天孫にお仕えいたします」

そのため神倭伊波礼毘古命《かむやまといわれびこのみこと》はお供の者に亀の背に棹をさし渡させて、老人を自分の船にむかえ入れた。このとき神倭伊波礼毘古命《かむやまといわれびこのみこと》は老人に、槁根津日子《さおねつひこ》という名前を授けた。槁根津日子《さおねつひこ》は、大和の国造の祖先である。

解説

23　東征伝説

『古事記』中巻は、神倭伊波礼毘古命《かむやまといわれびこのみこと》の東征伝説から始まる。この時代からは、神代《かみのよ》ではなく人代《ひとのよ》とされる。しかし『古事記』中巻の時代の天皇には、伝説上の人物が多い。そしてそのような伝説上の天皇は、しばしば神々と交流をもったとされる。

そのために十六代仁徳《にんとく》天皇以前の天皇を、「半人半神」の時代の天皇とする考えもある。この時代は神と人間とが、歴史を動かしていたというのである。

十七代履中《りちゅう》天皇のあたりから、人間が歴史を動かす主体になっていく。

考古資料からみると、大和朝廷は奈良盆地で誕生した可能性が高い。奈良県桜井市《さくらい》では、纏向《まきむく》遺跡という約一平方キロメートルの広さをもつ三、四世紀の有力な遺跡が発見されて

神武東征の道のり

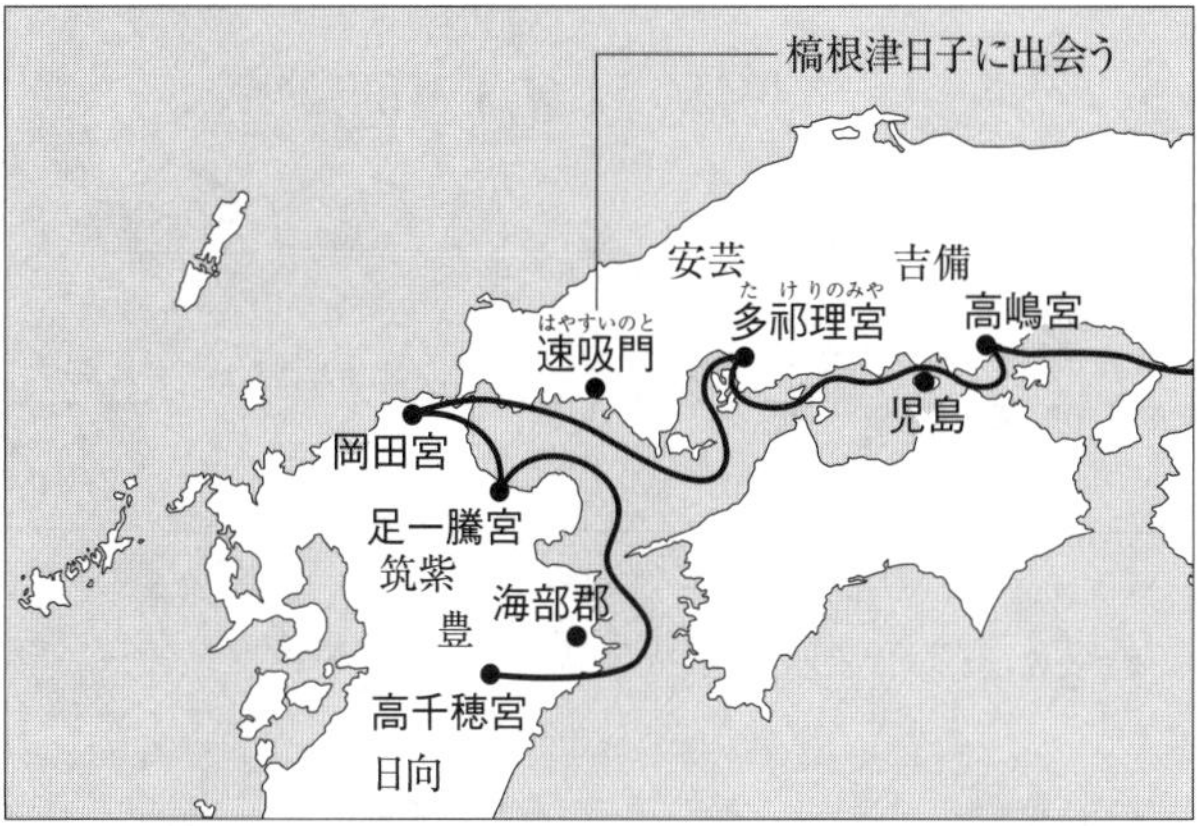

いる。
それは「古代都市」と呼ぶのにふさわしい遺跡で、そのなかに日本最古の古墳である纒《まき》向石塚《むくいしづか》古墳が築かれている。大和朝廷は、この古墳ができた紀元二二〇年頃に成立したのであろう。
神倭伊波礼毘古命《かむやまといわれびこのみこと》の東征伝説は、継体《けいたい》天皇が磐余に王宮をおいた六世紀はじめ頃に創作された可能性が高い。それは、「天皇の先祖はどこか遠いところから来た」と語って、王家を権威づけるためのものであったろう。
そして神倭伊波礼毘古命《かむやまといわれびこのみこと》の出発地として「日に向かう地（ひむか）」の名をもつ、太陽にもっとも近い日向国が選ばれた。この時代の朝廷の人びとは、日向国の実情をよく知ら

纏向遺跡

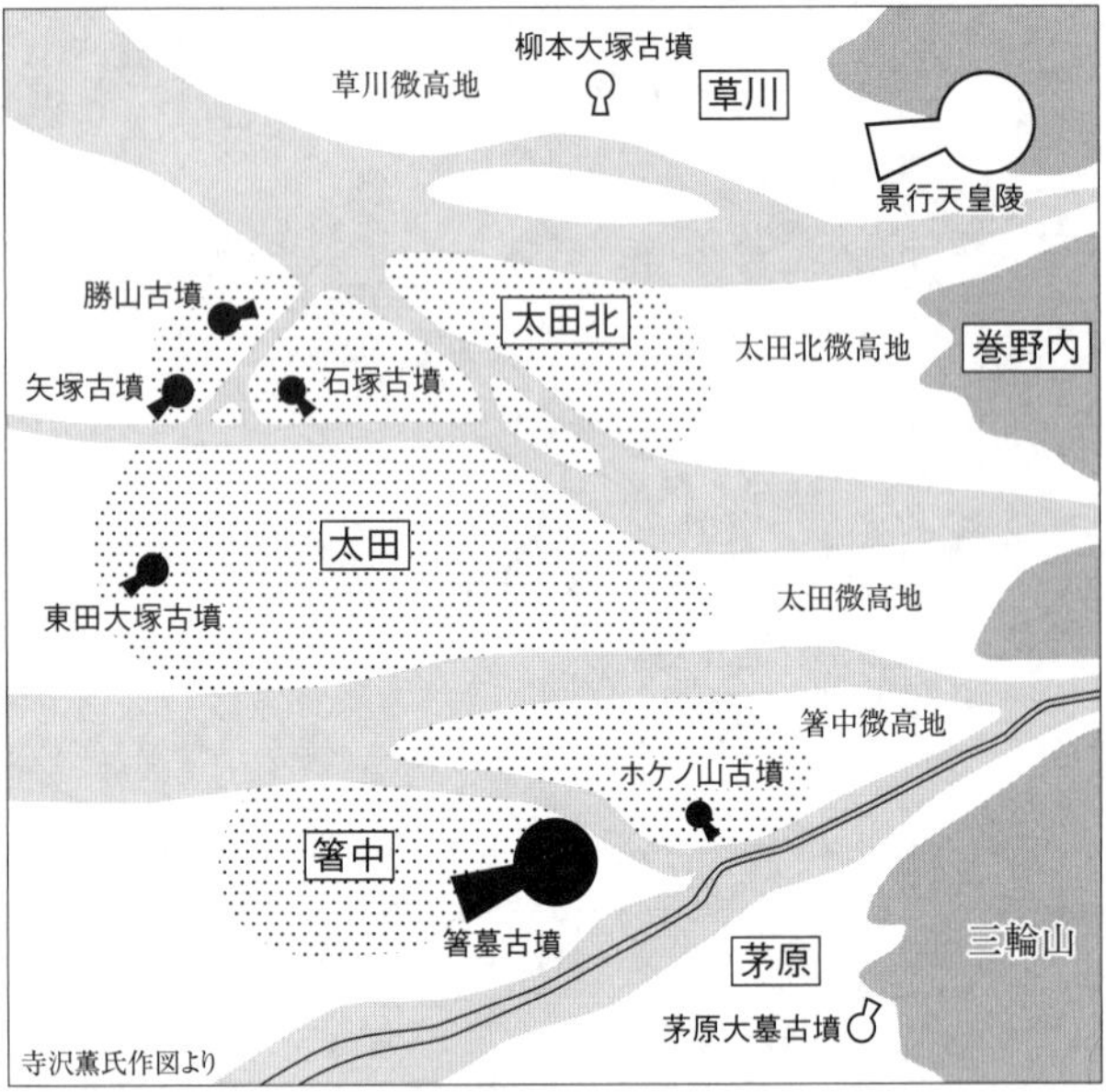

古代の河道　古墳時代前期の狭義の纏向遺跡
現在の巻向川　纏向遺跡を構成する集落群

ずに、ただ魅力的な地名であることで「日向」を選んだ。

これとは別に、三世紀はじめに吉備《きび》（岡山平野）の集団が大和に移住して王家をおこしたとするみかたも、可能である。纏向遺跡には、同時代の吉備と共通する要素が多くみられる。

纏向石塚古墳は前方部を低くして、そこから後円部の頂上に登っていくつくりをとっている。この構造は、岡山県倉敷《くらしき》市楯築《たてつき》墳丘墓《ふんきゅうぼ》などの吉備の墳丘墓（弥生時代の土を盛ってつくった墓）のものに近い。

また纏向石塚古墳には、同時代の吉備の有力な墓と同じように多くの朱《しゅ》（硫化水銀）が用いられていた。王家の先祖が西方の吉備から海路で来たことに関する記憶がもとになって、日向からきた神倭伊波礼毘古命《かむやまといわれびこのみこと》が吉備の高嶋宮から大和を目指したとする話が書かれたとも考えられる。ただし、古い伝承のなかの吉備からきて大和朝廷をひらいた人物の名前は、伊波礼毘古《いわれびこ》ではなかったろう。伊波礼毘古《いわれびこ》の名前を創作したのは、継体天皇に近い人間であろう。

24　大和国造

大和国造の倭《やまと》氏は、ほかの国造のように、朝廷から一つの地域を治める地方官とされた有力な地方豪族ではない。倭氏は纏向遺跡の近くの、大和神社の祭祀をうけもった中流豪族であった。

誕生時の大和朝廷は、大神《おおみわ》神社（一〇四頁参照）と大和神社、石上《いそのかみ》神宮（一七〇頁参照）の三社をもっとも重んじていた。大和には朝廷の政治に関与した蘇我《そが》氏、物部《もののべ》氏、大伴《おおとも》氏などの有力豪族が多くいた。

しかしそのようななかにあって、古い祭祀の伝統をもつ倭氏が国造として重んじられた。そのため倭氏は王家誕生以来の豪族で、神倭伊波礼毘古命《かむやまといわれびこのみこと》についてきた国神の子孫だとする伝承がつくられたのである。


（物語の続き）


神倭伊波礼毘古命《かむやまといわれびこのみこと》の軍勢は大阪湾の白肩之津《しらかたのつ》（東大阪市付近）に船をとめ、そこから大和に向おうとした。ところが大和の登美毘古《とみびこ》（那賀須泥毘古《ながすねびこ》）という豪族が、船のま近まで迫って矢を射かけてきた。この戦いで五瀬命《いつせのみこと》が、登美毘古《とみびこ》の矢をうけて傷を負った。

神倭伊波礼毘古命《かむやまといわれびこのみこと》はいったん退き、東方から大和に入ろうとした。しかしその船旅の間に五瀬命《いつせのみこと》は亡くなった。神倭伊波礼毘古命《かむやまといわれびこのみこと》はようやく熊野に着いたが、そこで怪しい熊の毒気にあたり意識を失った。

このとき高天原《たかまがはら》の建御雷之男神《たけみかずちのおのかみ》が、霊剣を授けて神倭伊波礼毘古命《かむやまといわれびこのみこと》を助けた。神倭《かむやまと》伊波礼毘古命《いわれびこのみこと》の軍勢は、霊剣を得て元気を回復した。かれらは高御産巣日神《たかみむすひのかみ》が高天原《たかまがはら》から遣わした八咫烏《やたがらす》の案内で大和を目指して山中の道をすすんだ。

神倭伊波礼毘古命《かむやまといわれびこのみこと》は、吉野から大和の宇陀《うだ》（宇陀市菟田野町《うたの》）に入った。そしてそこで弟宇迦斯《おとうかし》を従え、兄宇迦斯《えうかし》を斬った。さらに土雲《つちぐも》、八十建《やそたける》を倒した。そしてついに、兄の敵《かたき》で最大の敵である、登美毘古《とみびこ》との戦いのときをむかえた。

一四　登美毘古との決戦

〈本文の訳文〉

神倭伊波礼毘古命《かむやまといわれびこのみこと》の軍勢の現場指揮官が、大伴氏の祖先にあたる道臣命《みちのおみのみこと》であった。そして道臣命《みちのおみのみこと》の配下のなかでもっとも勇敢で、つねに先鋒をつとめたのが久米《くめ》氏の祖先である大久米命《おおくめのみこと》の手兵だった。
登美毘古《とみびこ》との戦いが始まろうとしたときに神倭伊波礼毘古命《かむやまといわれびこのみこと》は、味方の士気をふるい起こそうとして次の和歌を歌った。

大和平定の道のり

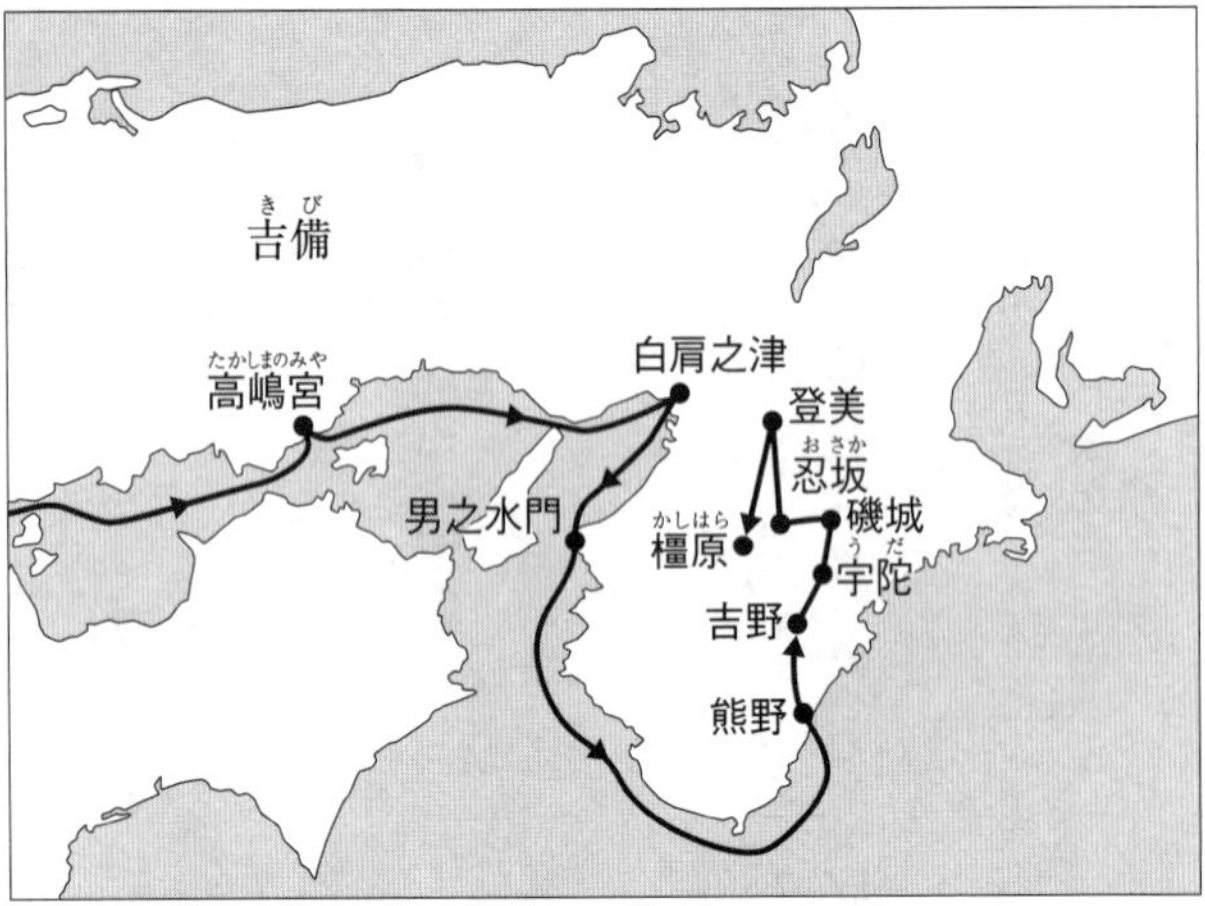

猛《たけ》くりりしい　久米の子たちが
そだて育《はぐく》む　粟畑《あわばたけ》
そこに混じった　一本の韮《にら》
その邪魔者を　ひっこ抜き
根から芽までを　捨て去るように
憎い敵をば　討ちはたせ

これに続けて、神倭伊波礼毘古命《かむやまといわれびこのみこと》はこう歌った。

猛くりりしい　久米の子たちが
垣《かき》もとに植《う》えたる　山椒《さんしょ》の実《み》
その実の辛《から》さに　等しい怨み
憎い敵をば　討ちはたせ

最後に神倭伊波礼毘古命《かむやまといわれびこのみこと》は、この歌を歌った。

神風が吹く　伊勢の浜辺の
岩に集まる　キサゴ、しただみ（小さな巻貝）
キサゴのように　相手を囲み
憎い敵をば　討ちはたせ

この和歌に元気づけられた神倭伊波礼毘古命《かむやまといわれびこのみこと》の兵士たちは、勇気をふるって敵勢に向っていった。かれらは登美毘古《とみびこ》の軍勢を包囲して、あっさりと敗走させた。

解説

25　那賀須泥毘古と登美毘古
登美毘古《とみびこ》は、『古事記』に最初に登場する場面だけ「登美能那賀須泥毘古《とみのながすねびこ》」と書かれるが、それ以外は「登美毘古《とみびこ》」と略称される。そして『日本書紀』では「長髄彦《ながすねびこ》」の名前で活躍している。

『古事記』には、神倭伊波礼毘古命《かむやまといわれびこのみこと》と登美毘古《とみびこ》との具体的な戦闘場面は描かれていない。古代の日本人は、言霊《ことだま》信仰をもっていた。そのために神倭伊波礼毘古命《かむやまといわれびこのみこと》の並べた和歌を詠むだけで、このように理解したのである。

「神倭伊波礼毘古命《かむやまといわれびこのみこと》の和歌が、神意に叶った。そのため、かれの軍勢が歌に詠まれたとおりに、敵を囲んで勝利した」

『日本書紀』は磐余彦《いわれびこ》（神倭伊波礼毘古命《かむやまといわれびこのみこと》）と長髄彦《ながすねびこ》との決戦のときに、天からきた金色の鵄《とび》が神倭伊波礼毘古命《かむやまといわれびこのみこと》の弓弭《ゆはず》に止まったと記している。そのため長髄彦《ながすねびこ》の軍勢は鵄が放つ光にあたって戦意を失って敗れた。この鵄にちなんで、鳥見《とみ》（現在の奈良市富雄《とみお》）という古代の地名ができたという。登美毘古《とみびこ》の名前は、鳥見を治める豪族を意味するものともとれる。こちらの話でも、呪的な力が戦いの行方《ゆくえ》を決したことになっている。

現在でも、諏訪では手長足長《てながあしなが》の神がまつられている。古い時代にはこの手長の神・足長の神の信仰が、日本各地に広まっていたと考えられている。手長の神・足長の神は、大和朝廷以前から信仰された嵐の神である。

那賀須泥毘古《ながすねびこ》は、大和朝廷が異端の神として退けた、足長の神と同じものであったとする説もある。大和朝廷発祥のときに王家の先祖が、金の鵄の呪力を用いて異端の神を静《しず》めたという伝承があった。この話が神倭伊波礼毘古命《かむやまといわれびこのみこと》の東征の物語に組み込まれて、登美《とみ》毘古《びこ》（長髄彦《ながすねびこ》）との戦いの話になったというのである。

（物語の続き）

このあと邇芸速日命《にぎはやひのみこと》が、神倭伊波礼毘古命《かむやまといわれびこのみこと》に従った。邇芸速日命《にぎはやひのみこと》は物部氏の祖先で、

神倭伊波礼毘古命（神武天皇）の妻と子

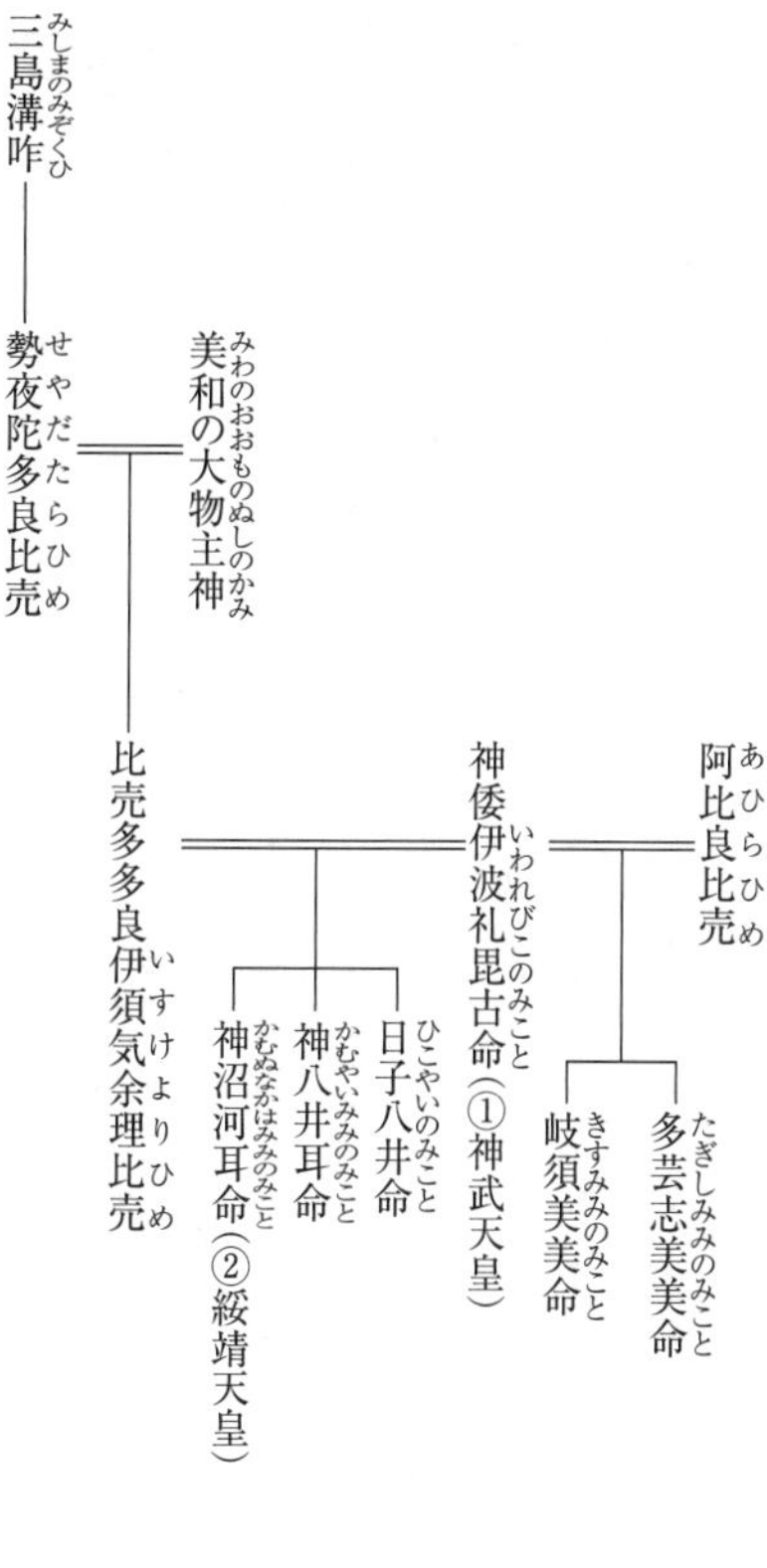

登美毘古《とみびこ》の妹を妻にしていた。

大和をすっかり平定したあと神倭伊波礼毘古命《かむやまといわれびこのみこと》は、畝火《うねび》の白檮原宮《かしはらのみや》で最初の天皇として即位した。神武天皇である。このあと神倭伊波礼毘古命《かむやまといわれびこのみこと》は大物主神《おおものぬしのかみ》の娘で美しい比売多多良伊須気余理比売《いすけよりひめ》を皇后にむかえた。彼女は、三人の皇子をもうけた。

神武天皇が亡くなったあと、天皇の庶妻の子の多芸志美美命《たぎしみみのみこと》が皇位を狙った。しかし皇后の子の神沼河耳命《かむぬなかわみみのみこと》が、多芸志美美命《たぎしみみのみこと》を討った。この神沼河耳命《かむぬなかわみみのみこと》が、二代目の綏靖《すいぜい》天皇である。

二代目の綏靖天皇の御世《みよ》から九代目の開化《かいか》天皇の御世までは、大した出来事はなかった。そして十代目に崇神《すじん》天皇という優れた君主が現われて、大和朝廷を大きく発展させることになった。

一五　三輪山の神の祟り

（本文の訳文）


崇神天皇の御世に流行病が広まって、人びとがほとんど死に絶えそうになったことがあった。天皇は大いに嘆いて、神のお告げをいただいて事態を解決しようと、身を清めて神を招く儀式を行なった。するとその夢のなかに、大物主神《おおものぬしのかみ》がおでましになられた。

大物主神《おおものぬしのかみ》は、このようなお告げを下された。

「このたびの疫病は、神々をないがしろにする人間を懲らしめるために私がはやらせたものである。病気をしずめたいなら、意富多多泥子《おおたたねこ》という者を探してきて私をまつらせよ。

大物主神と意富多多泥古とをつなぐ系図

陶津耳命《すえつみみのみこと》――活玉依毘売《いくたまよりびめ》
活玉依毘売《いくたまよりびめ》＝＝大物主神《おおものぬしのかみ》
櫛御方命《くしみかたのみこと》――飯肩巣見命《いいかたすみのみこと》――建甕槌命《たけみかずちのみこと》――意富多多泥子《おおたたねこ》

そうすると神の怒りは、おさまるであろう。

天皇はただちに四方の国に早馬の使者を送って、意富多多泥子《おおたたねこ》を探させた。すると一人の使者が、河内国の美努村《みののむら》（八尾市）で神のお告げ通りの人物をみつけた。

天皇はただちに、その者を御前に召されて、

「あなたは、誰の子ですか」

と尋ねた。すると意富多多泥子《おおたたねこ》から、このような答えがあった。

「大物主神は、陶津耳命《すえつみみのみこと》の娘の活玉依毘売《いくたまよりびめ》を妻にして櫛御方命《くしみかたのみこと》をもうけられました。この櫛御方命《くしみかたのみこと》の子の飯肩巣見命《いいかたすみのみこと》の子の、建甕槌命《たけみかずちのみこと》の子供、つまり大物主神《おおものぬしのかみ》の玄孫が私、意富多多泥子《おおたたねこ》であります」

解説

26　三輪山の祭祀の開始

『古事記』は大物主神《おおものぬしのかみ》をまつったおかげで、疫病がおさまったと記している。王家の三輪山のまつりの起源は、崇神朝におかれている。しかし実際には大和朝廷の出現とともに、三輪山のまつりが始まったのではあるまいか。

王家は六世紀はじめまでは、大物主神《おおものぬしのかみ》の子孫と称していた。大物主神《おおものぬしのかみ》は王家の本拠である纏向遺跡のすぐ西側にある三輪山の神だと考えられていた。

王家の人びとは三輪山を、自分たちを守る神が住む山とみていた。仏教が広まった七世紀になって、寺院にならって神社の建物がつくられるようになった。

三輪山のまつりは、本来は麓の祭場で山そのものを拝むものであった。しかし各地に神社が建てられた時代に、三輪山の麓に大神《おおみわ》神社がつくられた。現在でも大神神社には、ご神体を安置する神殿がない。大神神社の拝殿から、三輪山をご神体として拝む形がとられているのだ。

意富多多泥子《おおたたねこ》は、大神神社の祭祀をうけもつ大三輪《おおみわ》氏の先祖である。継体天皇のとき、王家が天照大御神《あまてらすおおみかみ》を皇祖神としてまつるようになったのちに、大物主神《おおものぬしのかみ》のまつりが大三輪氏にまかされたのであろう。

新たな大王が立つと、三輪山の神霊が王宮に来て大王の体に入り、朝廷を指導すると考えられていた。大王が亡くなると、その魂は三輪山の神とともに三輪山に帰り、神の一部になるとされた。

大物主神《おおものぬしのかみ》は、本来、大王の祖先の霊魂の集まりとされていたのである。

27　実在の確実な最初の大王と首長霊信仰

十代崇神天皇と初代の神武天皇はともに、「はつくにしらすすめらみこと」の別名をもっていた。六世紀はじめ頃まで、崇神天皇が、大王と呼ぶのにふさわしい最初の人物であると考えられていたのであろう。

吉備からきて大和朝廷をひらいた人物がいても、三輪山のまつりを行なわなかった。かれは大王ではなく、ただの「きみ（指導者）」とされていた。しかし六世紀はじめに神倭伊波礼毘古命《かむやまといわれびこのみこと》の東征伝説が創作されて、崇神天皇より古い神武天皇が初代の大王（天皇）とされた。

崇神天皇の実名を「御真木入日子印恵命《みまきいりひこいにえのみこと》」と言う。この名前には、後世風の尊称が含まれていない。

「日子（彦）」は古代の君主や豪族が用いた、「太陽の子」をあらわす尊称である。この尊称は、三世紀の日本の情況を伝えた「魏志倭人伝《ぎしわじんでん》」にも出てくる。王家に、「昔、御真木入日子印恵命《みまきいりひこいにえのみこと》という有力な大王がいた」という言い伝えがあったのであろう。この時代から大王は、次のような首長霊信仰の考えにもとづいて政治にあたった。

「大王の祖霊の集合した首長霊が、大王の身近の守りとなって大王が治める民衆の生活を見守る」

つまり大王は、神の気持ちにならって国政にあたった。六世紀はじめに、王家の首長霊が大物主神《おおものぬしのかみ》から天照大御神《あまてらすおおみかみ》にかわった。この天照大御神《あまてらすおおみかみ》は現在でも、皇室の祖先神として、伊勢神宮は日本中の神道を信じる人びとに信仰されている。

王族の巫女、倭迹迹日百襲比売《やまとととひもひそひめ》を葬った可能性の高い箸墓《はしはか》古墳が、三世紀のごく末、つまり二八〇年代頃に築かれた。彼女は、崇神天皇を補佐して活躍したと伝えられる人物である。

この点からみて、崇神天皇も三世紀末の人物だと考えられる。そして最古の古墳である桜井市纏向石塚古墳の年代が、二二〇年頃になる。つまり纏向石塚古墳の被葬者と崇神天皇との間に、約二世代分にあたる六十年の隔たりがあるのだ。

そうすると崇神天皇の二世代ほど前の、名前の伝わらない人物が大和朝廷をおこした大王となる。かれが吉備から移住してきたと考えた場合（九四頁参照）は、纏向石塚古墳の被葬者が神武天皇に相当する人物となる。しかしこのあたりのことは、あまりに古い出来

崇神天皇が派遣した将軍

『日本書紀』の記述	派遣先	『古事記』の記述
大彦命《おおびこのみこと》(阿倍氏の祖先)	北陸	大毘古命 (『日本書紀』と同じ)
武渟川別《たけぬなかわわけ》	東海	建沼河別命 (大毘古命の子) (『日本書紀』と同じ)
吉備津彦《きびつひこ》(孝霊《こうれい》天皇の子、吉備氏の祖先)	西海	※
丹波道主命《たにわのみちぬしのみこと》(日子坐王の子、中級豪族の祖先)	丹波	日子坐王 (崇神《すじん》天皇の弟)

※『古事記』では、孝霊天皇の世に大吉備津日子命、若建吉備津日子命を西方へ派遣し吉備を平定したとある。

事なので真相は不明である。

(物語の続き)


崇神天皇のときに、阿倍《あべ》氏の祖先の大毘古《おおびこの》命《みこと》らを各地におくって朝廷に従わない人びとを服従させた。この大毘古命《おおびこのみこと》が、崇神天皇の伯父にあたる建波邇安王《たけはにやすのみこ》の謀反の計画を察知した。

崇神天皇は大毘古命《おおびこのみこと》と、丸邇《わに》氏の祖先の日子国夫玖命《ひこくにぶくのみこと》をおくって、建波邇安王《たけはにやすのみこ》の軍勢を破った。

崇神天皇は税制を整え、国内をよく治めた。そのため人びとから「初国知《はつくにし》らす御真木《みまき》の天皇《すめらみこと》」の名で称《たた》えられた。

崇神天皇のあとを、嫡子の垂仁《すいにん》天皇がつい

だ。それからまもなく、后の沙本毘売命《さほびめのみこと》の兄の沙本毘古命《さほびこのみこと》が謀反を起こした。天皇は沙《さ》本毘古命《ほびこのみこと》を討ったが、このとき沙本毘売命《さほびめのみこと》は息子の本牟智和気命《ほむちわけのみこと》を天皇に託し兄とともに滅んだ。

目の前で母が亡くなった衝撃をうけたために、本牟智和気命《ほむちわけのみこと》は言葉を話せなくなってしまった。

一六　物言わぬ王子

（本文の訳文）


言葉をしゃべれなかった本牟智和気命《ほむちわけのみこと》が、あるとき空を飛んでいく白鳥をみて、

「ああ、ああ」

と不確かな言葉を発した。このありさまを見聞《みき》きした垂仁天皇は、山辺大鶙《やまのべのおおたか》という近臣にこう命じた。

白鳥を追う旅

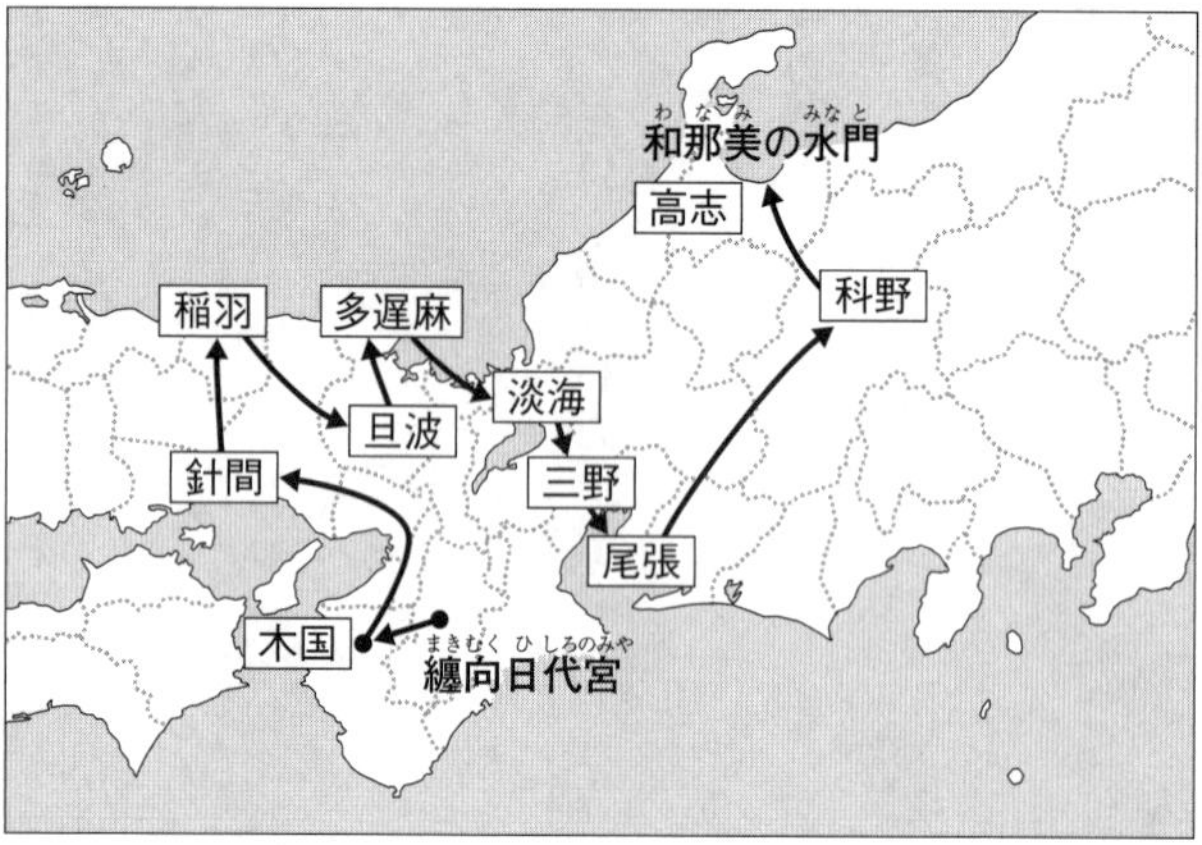

「あの鳥を、つかまえてきなさい」

天皇は、藁《わら》にもすがる思いだった。白鳥を連れてくれば、王子がまともな言葉を話せるようになるかもしれないと考えたのだ。

大鵠はかしこまって命令を聞き、白鳥のあとをどこまでも追いかけていった。かれは紀伊国から播磨国へ、さらに因幡、丹波、但馬の三国を駆け抜けた。それでも、白鳥はつかまらなかった。

白鳥はさらに東方に向かい、近江、美濃、尾張、信濃の国々を経て、越国に入った。大鵠は、粘り強く鳥を追いかけた。そして和《わ》那《な》美《み》の河口でようやく、網を張って白鳥を捕らえた。

山辺大鵠は大急ぎで都に帰り、白鳥を垂仁

天皇に献上した。ところが天皇が白鳥を本牟智和気命《ほむちわけのみこと》に与えても、王子は言葉をしゃべれなかった。

解説

28　本牟智和気命と応神天皇

白鳥を与えても話せなかった本牟智和気命《ほむちわけのみこと》は、大国主神《おおくにぬしのかみ》の神託に従って出雲大社に立派な社殿を建てたところ、言葉を発するようになった。

『古事記』は、このように記している。

これに対して『日本書紀』の物語は、本牟智和気命《ほむちわけのみこと》が白鳥と遊ぶうちに人なみに話せるようになったとする。

本牟智和気命《ほむちわけのみこと》は垂仁天皇の嫡子で、王家の伝承において重要な人物であるはずだ。ところが『古事記』も『日本書紀』も、言葉を話すようになったあとの本牟智和気命《ほむちわけのみこと》の活躍をまったく記していない。

このことから、古い伝承では、本牟智和気命《ほむちわけのみこと》と応神天皇とが同一の人物であったとする説が出されている。応神天皇の実名は「品陀和気命《ほむだわけのみこと》」である。この名前は、「本牟智和《ほむちわ》気命《けのみこと》」に似ている。

しかも「上宮記《じょうぐうき》」という文献に記された系図に、応神天皇に相当する位置にくる人物が「凡牟都和希《ほむつわけ》」と書かれている。「上宮記」は、「釈日本紀《しゃくにほんぎ》」という『日本書紀』の注釈書に引用された文献であるが、その文字づかいから七世紀はじめに書かれたものだと考えられている。

「本牟智和気《ほむちわけ》」が「凡牟都和希《ほむつわけ》」となり、さらにそれが「品陀和気《ほむだわけ》」にかわったとみてもよい。あるいは古代人は同じ人間を、「本牟智和気《ほむちわけ》」とも「凡牟都和希《ほむつわけ》」、「品陀和気《ほむだわけ》」とも呼んだのかもしれない。

倭建命《やまとたけるのみこと》の伝承と神功《じんぐう》皇后の三韓遠征の物語は、比較的新しい時期につくられたと考えられている。そうするとかれらの話が加わる前の王家の系譜は、次のような形であったとみられる。（二〇二頁も参照）。

御真木入日子印恵命《みまきいりひこいにえのみこと》（崇神天皇）——伊久米伊理毘古伊佐知命《いくめいりびこいさちのみこと》（垂仁天皇）——本牟《ほむ》智和気命《ちわけのみこと》（応神天皇）

応神天皇は若いときに、言葉を話せない苦難をうけた。しかしのちに朝鮮半島の国々と交流したり渡来人を登用する、優れた大王になったというのである。

（物語の続き）


本牟智和気命《ほむちわけのみこと》が言葉を話すようになったあと、垂仁天皇は比婆須比売《ひばすひめ》などの新たな后をむかえた。比婆須比売《ひばすひめ》の子が、王位をついだ大帯日子淤斯呂和気命《おおたらしひこおしろわけのみこと》である。

垂仁天皇は多遅摩毛理《たじまもり》という者に、常世国の「時《とき》じくの香《かく》の実」をとりに行かせた。ところが多遅摩毛理《たじまもり》が使命を終えて戻ったときに、垂仁天皇はすでに亡くなっていた。そのために多遅摩毛理《たじまもり》は天皇のあとを追って、自ら命を絶った。「時じくの香の実」とは、橘《たちばな》（コミカン）のことである。

垂仁天皇のあと、大帯日子淤斯呂和気命《おおたらしひこおしろわけのみこと》が大王になった。景行天皇《けいこう》である。天皇は八十人の王子をもうけた。そして若帯日子命《わかたらしひこのみこと》と倭建命《やまとたけるのみこと》、五百木之入日子命《いおきのいりひこのみこと》の三人を、手もとに残した。残りの王子は、国造、和気《わけ》、稲置《いなぎ》、県主《あがたぬし》といった地方官として任地に行かせた。

倭建命《やまとたけるのみこと》は、若い頃は小碓命《おうすのみこと》と名乗っていた。かれには、大碓命《おおうすのみこと》という同母の兄がいた。

景行天皇は大碓命《おおうすのみこと》を美濃国に遣わし、そこの兄比売《えひめ》、弟比売《おとひめ》を后にむかえようとした。

倭建命と神功皇后関係系図

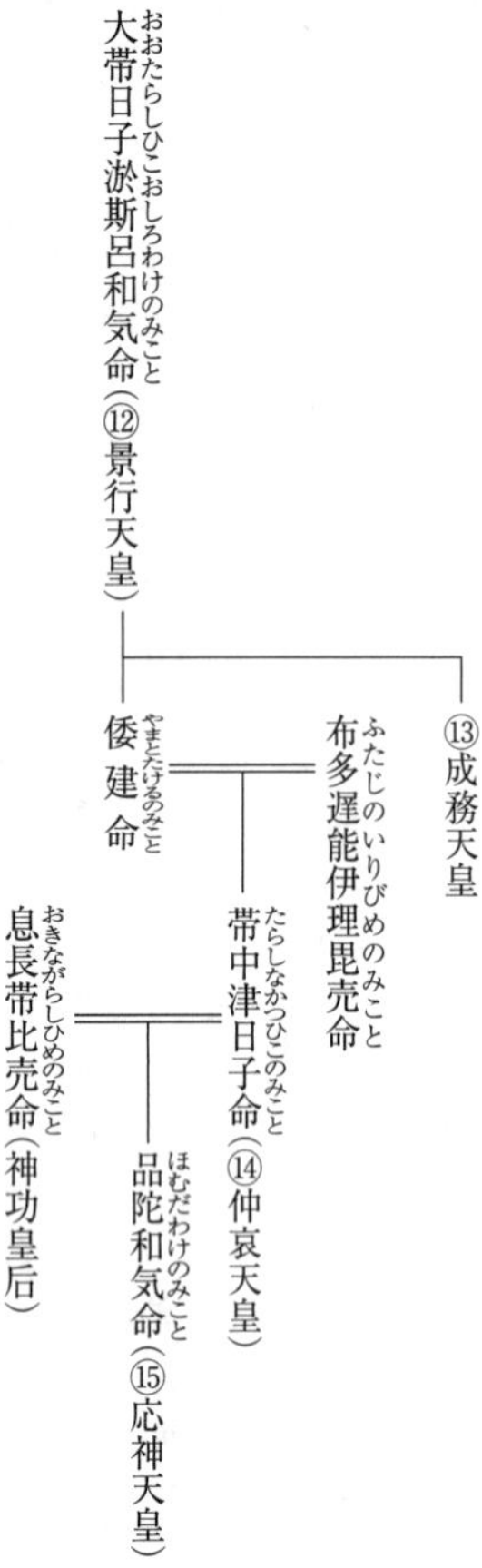

ところが大碓命《おおうすのみこと》は、兄比売《えひめ》、弟比売《おとひめ》を気に入り、勝手に二人を自分の妻にした。そして似た娘を探して、彼女たちを兄比売《えひめ》、弟比売《おとひめ》と詐《いつわ》って天皇のもとに送った。
　このあと大碓命《おおうすのみこと》は父をだましたうしろ暗さから、天皇の前に姿をみせなくなった。そのため天皇は小碓命《おうすのみこと》に、
「お前の兄に、父と朝夕の食事をともにするように言いきかせよ」
と命じた。小碓命《おうすのみこと》は、兄が父の后となるべき娘を盗んだ事情を察していた。そのために天皇が、「兄を懲らしめよ」と命じたと思い込んだ。

かれは兄を捕らえて手足をへし折り、菰《こも》に包んで転がしておいた。景行天皇は大碓命《おおうすのみこと》を食事に呼んで、説教して詫びさせればそれでよいと考えていたらしい。

兄に大怪我を負わせたという小碓命《おうすのみこと》の話を聞いた天皇は、小碓命《おうすのみこと》を恐れた。そのため身辺から遠ざけようと、小碓命《おうすのみこと》に「南九州の熊曾《くまそ》を討て」と命じた。

このとき小碓命《おうすのみこと》は、髪を額のところで結った少年であった。小碓命《おうすのみこと》は九州に向かう前に、伊勢神宮の祭祀にあたっていた叔母の倭比売命《やまとひめのみこと》を訪れた。

このとき倭比売命《やまとひめのみこと》は、自分がつけている女性用の上衣と袴《はかま》、一振りの懐剣を小碓命《おうすのみこと》に授けた。これらの品物は、伊勢の天照大御神《あまてらすおおみかみ》の加護をうけた、小碓命《おうすのみこと》の身辺の守りとなる品物だというのである。

傷がなおった大碓命《おおうすのみこと》は、天皇のそばにいられないので、兄比売《えひめ》、弟比売《おとひめ》とともに美濃国に下って行った。

一七　倭建命の熊曾遠征

（本文の訳文）


小碓命《おうすのみこと》が熊曾《くまそ》の地に着いたところ、そこを治める兄弟二人の熊曾建《くまそたける》が近いうちに屋敷の新しい建物の完成の祝宴をひらくことがわかった。そこで倭建命《やまとたけるのみこと》はその祝宴にまぎれて、二人の熊曾建《くまそたける》を討つことにした。

祝宴がひらかれる日がきた。小碓命《おうすのみこと》は髪の毛を垂らして少女のような髪形になり、叔母からもらった女物の服を身につけた。

このようにして少女になりすました小碓命《おうすのみこと》は、熊曾建《くまそたける》の侍女にまぎれて屋敷に入り込んだ。すると熊曾建《くまそたける》の兄弟が美しい姿の小碓命《おうすのみこと》に目をつけてきた。かれらは小碓命《おうすのみこと》を二人の間にすわらせて、大いに楽しみ大いに飲んだ。

小碓命《おうすのみこと》は興の盛りあがった頃合いをみはからって、懐《ふところ》から懐剣を出して兄の熊曾建《くまそたける》の襟《えり》をつかんで、その胸に一気に剣を刺し通したのだ。

倭建命の九州遠征路

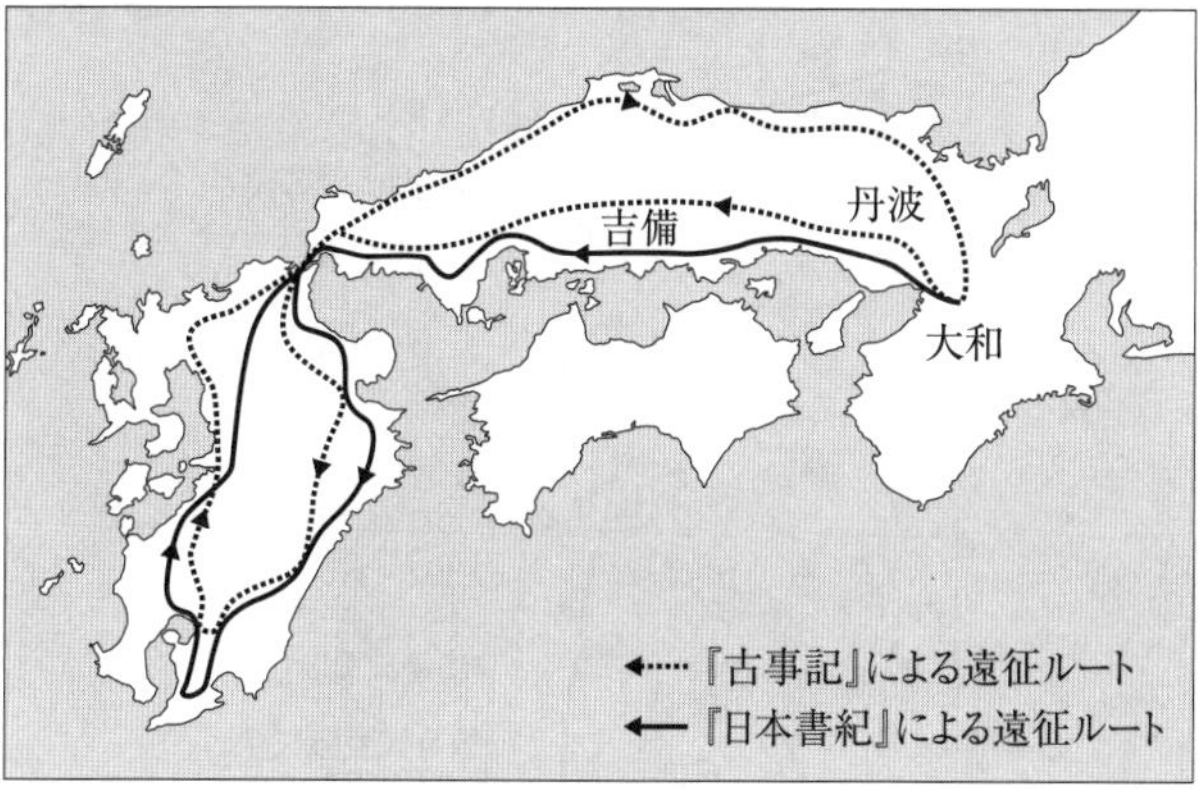

弟の熊曾建《くまそたける》はうろたえて、千鳥足で逃げ出した。小碓命《おうすのみこと》は階段の下で熊曾建《くまそたける》の背中を捕え、後方から剣を突き刺した。その場に前のめりに倒れた弟の熊曾建《くまそたける》は、覚悟を決めて逃げようとしなかった。かれは、小碓命《おうすのみこと》をみ上げてこう尋ねた。
「その刀を動かさないで下さい。申し上げたいことがあります。あなたは、いったいどなたですか」
熊曾建《くまそたける》を押し伏《ふ》せた小碓命《おうすのみこと》は、静かに言った。
「私は纏向《まきむく》の日代之宮《ひしろのみや》（一一八頁の地図参照）で天下を治められている大帯日子淤斯呂和気《おおたらしひこおしろわけの》命《みこと》の天皇《すめらみこ》の王子です。名前は小碓命《おうすのみこと》ですが、都の人からは『倭男具那王《やまとおぐなのみこ》（大和一の優れた少年）』と呼ばれています。
あなたたち兄弟が、天皇の言いつけに従わず無礼なふるまいを繰り返していたので、天

山の辺の道とその周辺の遺跡

皇の命令をうけて討ち取りにきました」

これを聞いて、熊曾《くまそ》建《たける》はすべてを覚《さと》ったようにこう語った。

「私は、もう助かりますまい。王子《みこ》さま、止《とど》めを刺して使命をはたしなさい。そのかわり、どうかこのあと熊曾《くまそ》の民を慈《いつく》しんで下さい。これまで私たち兄弟は、自分たちより強い者はいないと思いあがってきました。この考えは誤りでした。大和には、私どもよりはるかにお強いすばらしいお方がおられた。畏《おそ》れながら、私から新しいお名前をさし上げましょう。これからは『倭男具那王《やまとおぐなのみこ》』にかわって、『倭建《やまとたける》（大和一の勇者）』とお名乗り下さい」

この言葉を聞き届けたところで、小碓《おうすのみこと》命は熟した瓜を割るように弟の熊曾《くまそ》建《たける》の体を一気に斬り裂いた。苦しみを長びかせない、心づかいであった。

このあと誰もが小碓《おうすのみこと》命を、「倭建《やまとたける》」の敬称で呼ぶようになった。

解説

29　熊曾と倭建命
倭建命《やまとたけるのみこと》の熊曾《くまそ》遠征の話は、のちになって倭建《やまとたける》伝説につけ加えられたものである可能性が高い。あと（一二六頁）で記すように、まず倭建命《やまとたけるのみこと》の東国遠征の物語が六世紀は

隼人の居住地

じめ頃につくられた。この時代の倭《やまと》建命《たけるのみこと》は、実在の大王とつながる具体的な系譜をもたず、「はるか昔の王族の将軍」とされていた。
そのあとに、熊曽《くまそ》を討つ話と出雲《いずも》建《たける》を倒す話がつけ加えられた。そのため東国遠征が詳細な物語になっているのに対して、熊曽《くまそ》と出雲の話はかんたんなつくりをとる。
倭建命《やまとたけるのみこと》は熊曽《くまそ》では、女装して近づいてそこの豪族を斬った。そして出雲《いずも》では、出雲建《たける》の大刀を木製の偽物の大刀とすりかえて討ったとされる。
『古事記』が倭建命《やまとたけるのみこと》が兄と弟の

二人の熊曾建《くまそたける》を斬ったとするのに対し、『日本書紀』はかれが川上梟帥《かわかみたける》一人を斬ったという。また出雲遠征の話は、『日本書紀』にはみられない。

「熊曾《くまそ》」は、肥後国南部と日向、薩摩、大隅の三国とを合わせた広い地域を指す名称である。しかし考古資料からみて、その範囲全体をおさえた有力な豪族が六世紀以前に存在したとは思えない。

六世紀末に九州南端は、隼人の地と呼ばれていた（一二〇頁の地図参照）。しかしそこは、小豪族がならび立つ後進地にすぎなかった。熊曾《くまそ》を治めていた豪族が、隼人の指導者になったわけではない。熊曾《くまそ》の豪族と王家との戦いの物語は、朝廷の隼人支配が本格化していく六世紀末に新たにつくられたものではあるまいか。


（物語の続き）


倭建命《やまとたけるのみこと》は山の神、川の神、海峡の神を平定し、出雲建《いずもたける》を討って都に帰った。ところが景行天皇は、かれの帰京を喜ばなかった。天皇は遠征の疲れの癒《い》えない倭建命《やまとたけるのみこと》に、こう命じた。

「東方の十二国の、荒ぶる神たちと朝廷に従わない豪族たちを平定せよ」

この命令に従った倭建命《やまとたけるのみこと》は、伊勢に寄って倭比売命《やまとひめのみこと》に、

「父は、私が早く亡くなればよいとお考えなのだろうか」

と弱音をもらした。これに対し倭比売命《やまとひめのみこと》は、神剣の草薙剣と守り袋を与えて倭建命《やまとたけるのみこと》を励ました。

倭建命《やまとたけるのみこと》は尾張国に入り、尾張氏の祖先にあたる美夜受比売《みやずひめ》と相思相愛の仲になった。倭建命《やまとたけるのみこと》は「必ず戻ってきます」と約束して、さらに東に向かった。

倭建命《やまとたけるのみこと》は相模国の国造の悪巧みによって、広い野原に誘い込まれて周囲から火をつけられた。倭建命《やまとたけるのみこと》はこのとき、草薙剣《くさなぎのつるぎ》であたりの草を刈って積み上げ、守り袋のなかの火打ち石で火をつけた。

すると火のおかげで風向きがかわり、倭建命《やまとたけるのみこと》は助かった。このあとかれは、国造の一味をことごとく斬り伏せた。

その後、倭建命《やまとたけるのみこと》は船で、相模国から上総《かずさ》に渡ろうとした。ところが海の神が怒り、暴風がおこった。このとき倭建命《やまとたけるのみこと》の妻の弟橘比売命《おとたちばなひめのみこと》が犠牲になって海に入ると、嵐はうそのようにおさまった。

七日後に弟橘比売命《おとたちばなひめのみこと》の櫛が海岸に流れついたので、倭建命《やまとたけるのみこと》は妻の墓をつくり、そ

の櫛をおさめた。このとき倭建命《やまとたけるのみこと》が「吾妻《あずま》はや（わが妻よ）」と言って嘆いたので、東国を「あずまの国」と呼ぶようになった。

倭建命《やまとたけるのみこと》はさらに進み、あちこちで悪者や荒ぶる神を従えた。倭建命《やまとたけるのみこと》が尾張の美夜《みや》受比売《ずひめ》のところまで帰ってきたところに、伊吹山《いぶきやま》の神を討ってほしいと頼みにきた者がいた。

倭建命《やまとたけるのみこと》は草薙剣を美夜受比売《みやずひめ》に預けて伊吹山に出かけた。ところがかれは、山の神が降らせた激しい雹《ひょう》によって大そう傷ついた。倭建命《やまとたけるのみこと》は大和に帰ろうとしたが、途中の伊勢国の能煩野《のぼの》の地で最期のときをむかえた。

倭建命の最期に関係する地

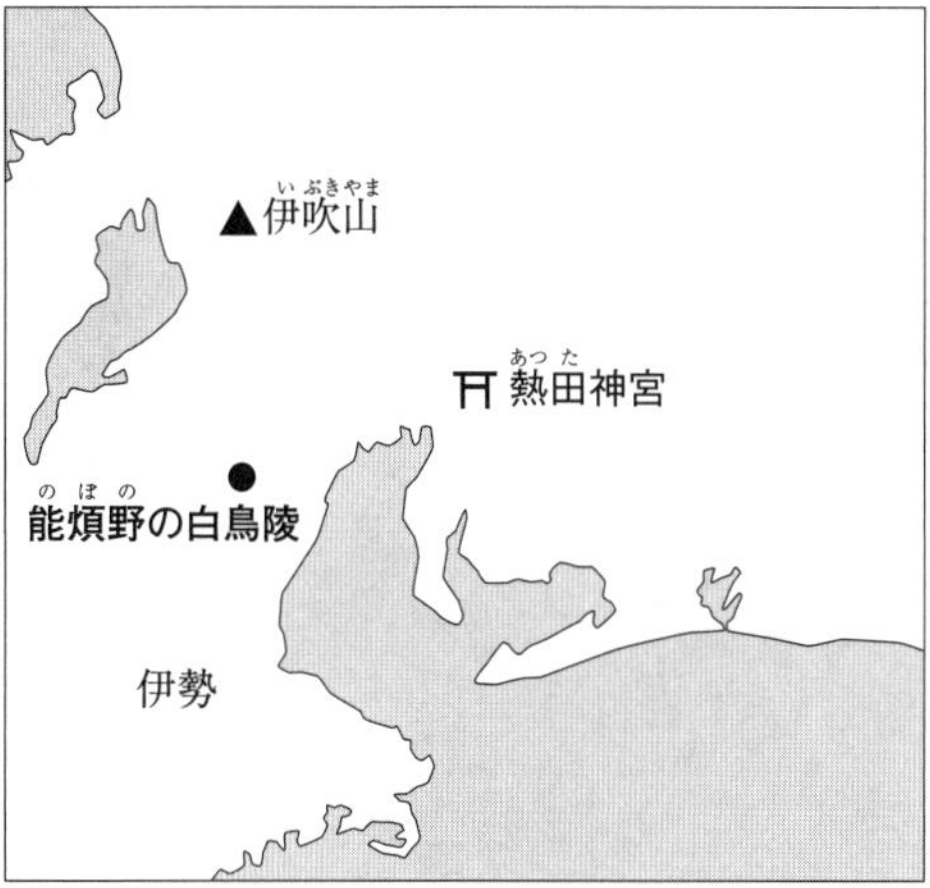

一八　倭建命の最期

(本文の訳文)

倭建命《やまとたけるのみこと》はもう大和に帰りつけないと思ったときに、故郷をしのんでつぎの和歌を歌った。

くらぶものなき　美《うつく》し大和
重なり合いたる　山と山
青い垣根の　ただなかにある
大和の国の　麗《うるわ》しさ

ついで大和の若い娘たちと、楽しく歌い踊ったことを思い出して、こう歌った。

命満ちたる　若き乙女《おとめ》よ
われが恋する　麗しひとよ
平群《へぐり》（奈良県平群町）の山の　神の守りの
カシの葉を取り　髪に刺せ

さらに倭建命《やまとたけるのみこと》は、故郷に残した親族の無事を願ってこう歌った。

なつかしわが家《や》　わがはらからよ
はるかな空を　のぞむれば
麗し雲に　乗りたる御魂《みたま》
わが家をひしと　見守れり

最後に倭建命《やまとたけるのみこと》は、尾張国で待つ美夜受比売《みやずひめ》のことを思って最後の力を絞り出すような声で歌った。

なつかし少女《おとめ》　恋する少女
一人旅立つ　われはいま
永遠《とわ》の守りの　宝の大刀《たち》を
床辺《とこべ》に残して　われは逝《ゆ》く

この遺言によって、王家の宝物であった草薙剣は、尾張氏の守り神としてまつられることになった。

解説

30　倭建伝説の成立

倭建命《やまとたけるのみこと》の東国遠征の物語は、登場人物の心の動きを生き生きと描いた話を寄せ集めたものになっている。さらにそのうちのいくつかは、古い様式の和歌を中心においた、歌物語の形をとっている。
「倭建命《やまとたけるのみこと》の最期」の物語の四首の和歌を順番に読んでいくだけで、故郷に帰れずに死期をむかえた主人公の悲しみが伝わってくる。

倭建命の東国遠征路

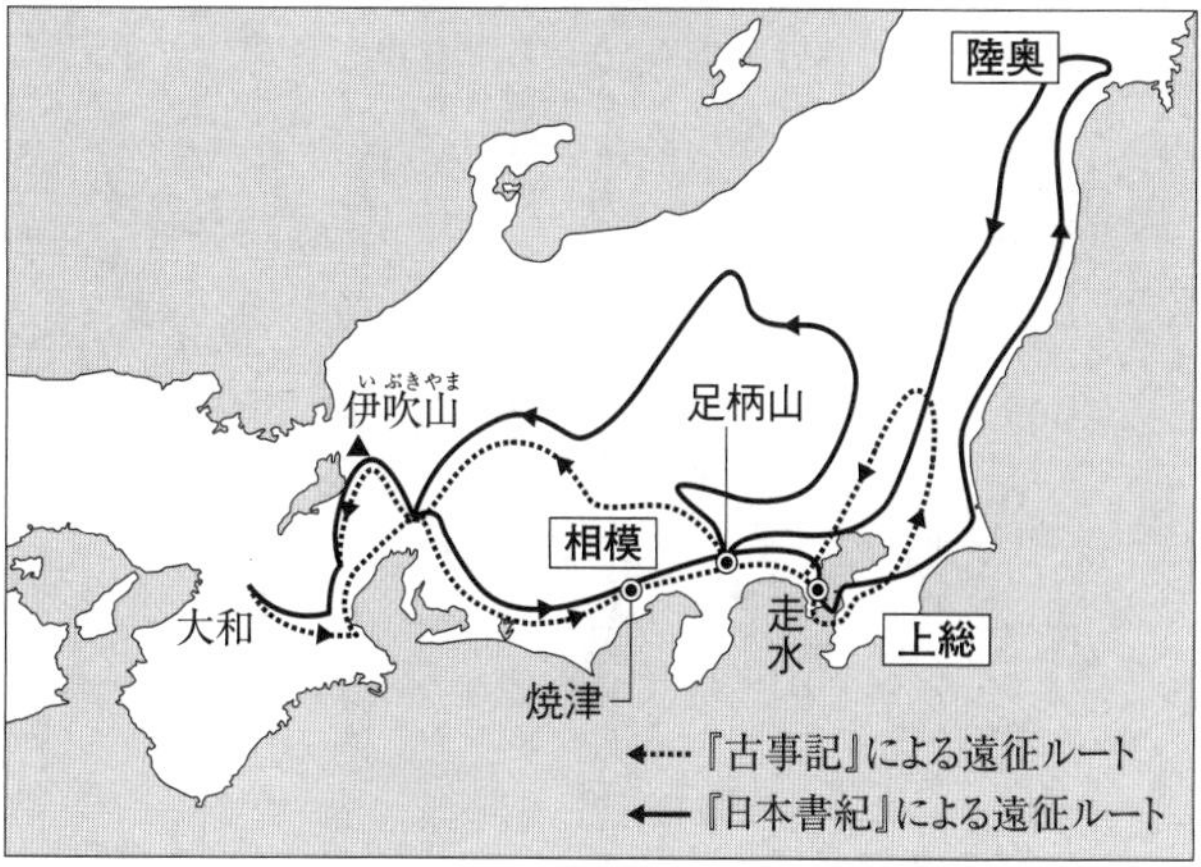

死を目前にした倭《やまと》建命《たけるのみこと》は昔の楽しい出来事を思い起こしたり、家族や恋人の今後を気遣ったりする。この最後の見せ場の盛りあがりによって、倭《やまと》建命《たけるのみこと》の物語は多くの日本人に愛されることになった。
さらに、倭《やまと》建命《たけるのみこと》が自分のために犠牲になった弟橘《おとたちばな》比売命《ひめのみこと》を慕う場面が、最後の見せ場に続く有効な伏線になっている。
東国に派遣された将軍や、東国の地方豪族との交渉にあたった使者が多くいた。倭《やまと》建命《たけるのみこと》の東国遠征の物語は、かれらに関する個々の言い伝えを寄せ集めてつくられたとみられる。
『日本書紀』は日本《やまと》武尊《たけるのみこと》が、東北地方の蝦夷《えぞ》まで討ったと記している。しかし

『古事記』にみえる倭建命《やまとたけるのみこと》の遠征路は、五世紀末から六世紀はじめの大和朝廷の勢力圏とほぼ一致する。

また大碓命《おおうすのみこと》、小碓命《おうすのみこと》の名前は、五世紀末以後の王族が使いそうな名称である。五世紀なかば頃までの王族や豪族は、「彦《ひこ》」、「別《わけ》」、「宿禰《すくね》」といった尊称をつけた名前を用いていた。しかし五世紀末頃から、尊称を付さない縁起のよい名前が好まれるようになった。「碓」という言葉は米をつく臼をあらわすが、よい霊魂が集まることを暗示する「堆し《うずたか》」という言葉に通じるひびきをもっている。

さまざまな伝承をまとめて倭建伝説を整えた人物が、六世紀はじめあたりにいたのであろう。

31　景行天皇と倭建命

王家の伝承を整理した時期に、倭建命《やまとたけるのみこと》を五世紀末もしくは六世紀はじめの人物として描くこともできた。しかし『古事記』などの系譜は、倭建命《やまとたけるのみこと》を景行天皇の王子とした。

これは王家が、このような歴史観をもっていたことによるものである。

「十二代景行天皇と十三代成務《せいむ》天皇の時代に、国造などの地方行政組織が整えられた」

景行天皇の時代までに大和朝廷の領域が確定し、その次の成務天皇が全国を国《くに》や県《あがた》に分けた。このことを前提にすれば、倭建命《やまとたけるのみこと》の遠征は景行天皇の時代におかねばならなくなる。

『古事記』などは後世に加えられた倭建伝説と神功皇后の三韓遠征の話のあとに、十五代応神天皇の物語をおいている。このことは、垂仁天皇あるいは景行天皇と応神天皇との間にくる天皇の実名が、後世風のものである点と深く関わる。

景行天皇は「大帯日子淤斯呂和気命《おおたらしひこおしろわけのみこと》」、成務天皇は「若帯日子命《わかたらしひこのみこと》」である。そして十四代仲哀《ちゅうあい》天皇が「帯中日子命《たらしなかひこのみこと》」、神功皇后が「息長帯比売命《おきながたらしひめのみこと》」である。「帯日子《たらしひこ》」、「帯《たらし》比売《ひめ》」は、七世紀なかば前後の大王が好んで用いた実名である（二〇三頁参照）。

景行天皇の実名のなかの「淤斯呂和気《おしろわけ》」の部分は、四、五世紀風の名前である。「淤斯《おし》呂和気《ろわけ》」という王族が実在しており、のちにその人物の名前に「大帯日子《おおたらしひこ》」が加えられたのかもしれない。

また景行天皇の子供のなかに、四、五世紀風の実名をもつ五百木入日子命《いおきのいりひこのみこと》と五百木之《いおきの》入日売命《いりひめのみこと》の兄妹がいる。このことが、古い時代の王家の系譜のなかに、父の淤斯呂和気《おしろわけ》とその子供の五百木入日子命《いおきのいりひこのみこと》、五百木之入日売命《いおきのいりひめのみこと》の名前があったことを示すものであるらしい。

この父子が、前（一一二頁）にあげた御真木入《みまきいり》日子印恵命《ひこいにえのみこと》と本牟智和気命《ほむちわけのみこと》をつなぐ系譜とどう関わるかは明らかではない。

（物語の続き）

倭建命《やまとたけるのみこと》が亡くなると、その魂は巨大な白鳥になって空へと飛び立っていった。倭建命《やまとたけるのみこと》の后と子供たちが、白鳥を追った。白鳥は能煩野から大和の琴弾原《ことひきはら》と河内の古市《ふるいち》を経て、高い空に姿を消した。

そのために白鳥に関連した三ヶ所に、倭建《やまとたけるの》命《みこと》を葬る白鳥陵《しらとりのみささぎ》がつくられた。

景行天皇のあと、倭建命《やまとたけるのみこと》の異母弟の成務天皇が皇位をついだ。かれは国の境と県の境を定め、各地の国造、県主を任命した。

成務天皇の次に、倭建命《やまとたけるのみこと》の子の仲哀天皇が立った。かれは、神功皇后を妻にむかえた。

仲哀天皇が熊曾を討つために、筑前国の訶志比宮《かしいのみや》（福岡市）にきたときのことである。

神功皇后に、新羅《しらぎ》（朝鮮半島の小国）を討てという神託が下った。

ところが天皇は神託を疑ったために、神罰によって命を落とした。このとき神功皇后は、王子を姙娠していた。このあと皇后は、新羅をこれから生まれてくる王子に与えるという神託をうけて、軍隊を引き連れて朝鮮半島に出発した。

一九　神功皇后の三韓遠征

（本文の訳文）


神功皇后の軍船が港を出ると、海中の魚が大きいものから小さなものまで集まってきた。魚たちはみんなで皇后の船団を担《かつ》ぎ上げて、勢いよく進んでいった。

それとともに順風が吹いて皇后の軍船の帆を押し、水上を駆けるように船を進めた。そ

神功皇后の遠征路とされた日本・新羅間の交易路

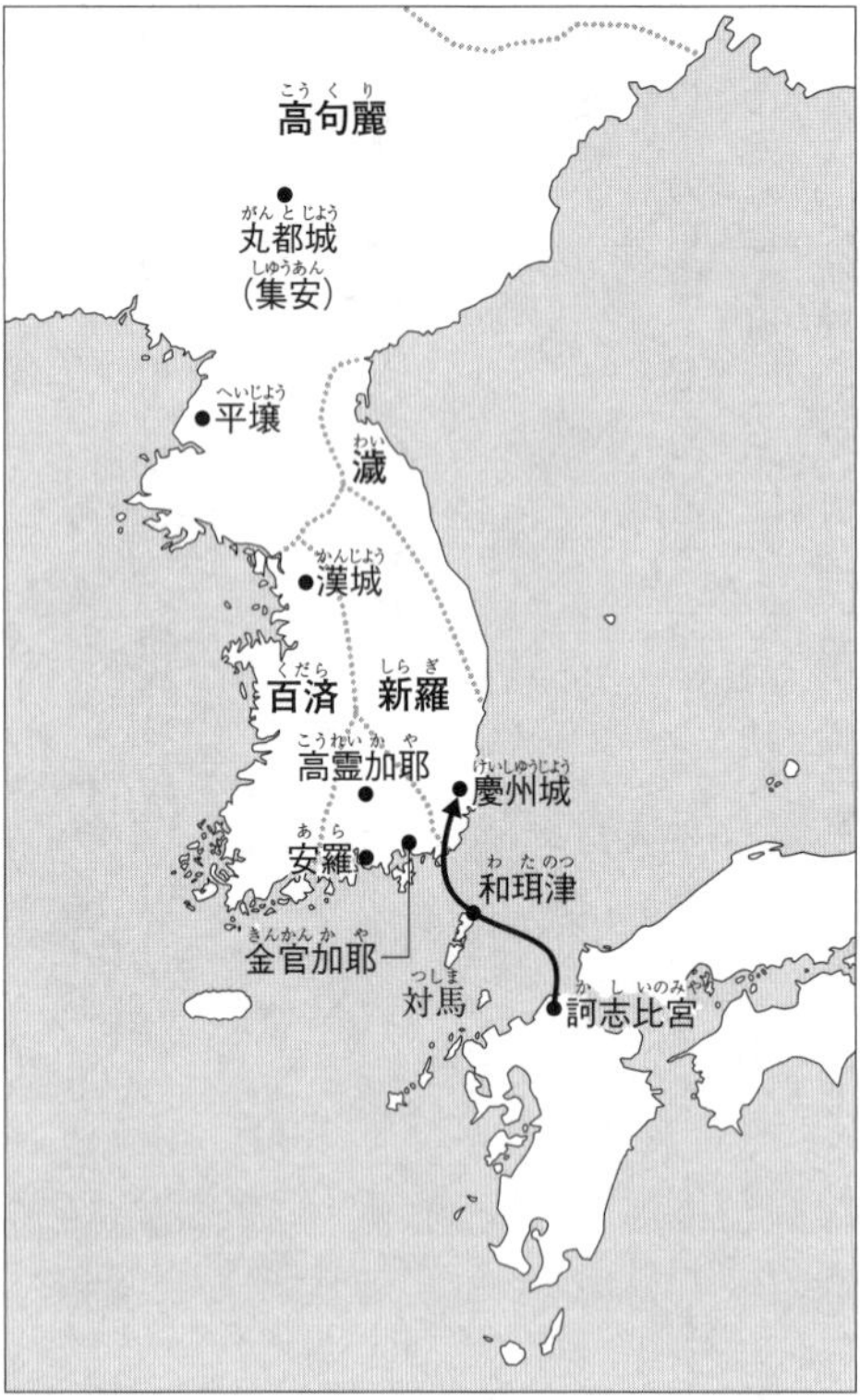

うすると皇后の軍船が起こす大波が、津波をおこし新羅の海岸に押し寄せた。そのために新羅の国土の半分が瞬くまに、水の底に沈められてしまった。
津波がおさまったあとに皇后の軍勢が上陸を始めると、新羅王は恐れおびえて速《すみ》やかに

降伏した。国王はこのとき、こう誓った。

「私どもはこれから永遠に、天皇に馬飼《うまかい》としてお仕えします。毎年、船を連ねて献上品をお送りします。船底の乾《かわ》く間もなく、棹《さお》や櫂《かい》の乾くことのないほど頻繁に、使者をお送りいたします」

皇后はさっそくその申し出を受け入れて、新羅王を天皇の馬飼いの家臣とした。このとき皇后は百済《くだら》の国も、海を渡った地にある屯倉《みやけ》（皇室領）と定めた。

神功皇后はこれらの取り決めの証拠とするために、自分のお杖を新羅王の王宮の前に突き立てておいた。

解説

32　神功皇后伝説と新羅
朝鮮半島では五世紀なかばまで、北方の高句麗《こうくり》が有力であった。この時代に高句麗と境界を接していた百済と新羅は、たえず高句麗の圧力をうけていた。そして百済と新羅の南方にある加耶《かや》の地を統一する政権がなく、そこには日本の国造の領域より小さな小国がならび立っていた。

6世紀の朝鮮半島南部

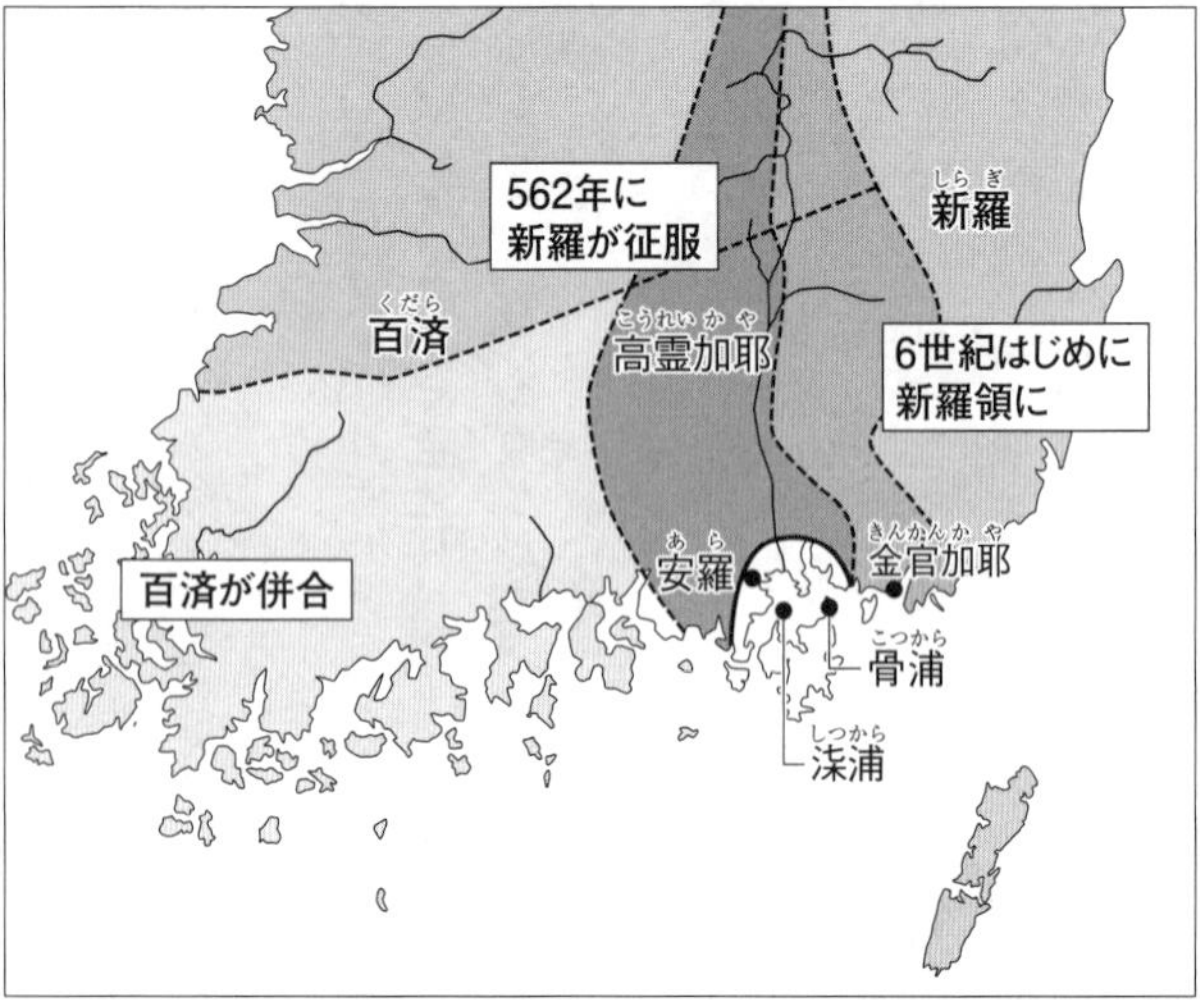

しかし六世紀はじめに新羅が急速に勢力を拡大し、日本の影響下にあった加耶《かや》の小国をつぎつぎに併合するようになった。
新羅は五六二年に、加耶《かや》の中心地にある高霊加耶《こうれいかや》や安羅《あら》を併合した。そのためこのあと日本と新羅の間で、朝鮮半島南端の利権をめぐる戦いが、何度も行なわれた。
このような朝鮮半島の動きから神功皇后伝説は、日本が新羅を本格的に敵視するようになった六世紀以後に創作されたものだと考えるほかない。
『古事記』も『日本書紀』も、津波が起こったので新羅王は戦わずに降伏する形をとっている。これによって神功皇后伝説が朝鮮半島で実際にあった戦いの伝承に修飾を加えたものでなく、机上で創作されたものであることがわかる。古い形の神功皇后伝説は、神功皇后を具体的な大王の系譜と結びつけない、

「はるか昔に三韓遠征を行なった后がいた」

とする形のものであったろう。これが七世紀末の天智朝の時代に最終的に整えられて、『古事記』のような形になったとみられる。

33　四、五世紀の朝鮮半島と神功皇后伝説

百済は四世紀末、高句麗と対抗するために大和朝廷の力をかりていた。

百済が三六九年に倭王の旨《し》に贈った七支刀《しちしとう》が、石上神宮に伝わっている。ここの旨《し》は、応神天皇に相当すると考えられている。この時期の日本は、金官加耶国《きんかんかやこく》などの加耶の小国と、日本が主導権をとる形で同盟関係を築いていた。

高句麗で書かれた「好太王碑文《こうたいおうひぶん》」という金石文がある。そこには、倭（日本）の軍勢が三九一年からしきりに朝鮮半島で活躍したことが記されている。

高句麗の有力な君主であった好太王（広開土王《こうかいどおう》）は、倭の軍勢と何度も戦った。

七支刀が贈られた二十年余りのちに、日本は高句麗と本格的な戦いを始めたのだ。四世紀末から五世紀の大王が、百済と結んで高句麗と争ったのは歴史上の事実である。

神功皇后伝説の作者は、神功皇后という人物を日本が百済方面で活躍した時代の応神天皇の母として創作したのである。


（物語の続き）


神功皇后が九州に帰りついたときに、品陀和気命《ほむだわけのみこと》を生んだ。ところが品陀和気命《ほむだわけのみこと》の異母兄の香坂王《かごさかのみこ》、忍熊王《おしくまのみこ》が皇位を狙って反乱を起こした。しかし香坂王《かごさかのみこ》は戦いが始まる前に猪に食い殺され、忍熊王《おしくまのみこ》は皇后が送った軍勢に討たれた。

このあと成人した品陀和気命《ほむだわけのみこと》が、応神天皇となって善政を行なった。応神天皇の時代に、新羅などから渡来人が日本に移住してきた。

応神天皇には大山守命《おおやまもりのみこと》、大雀命《おおささぎのみこと》、宇遅能和紀郎子《うじのわきいらつこ》という、別々の母から生まれた三人の有力な子供がいた。応神天皇は宇遅能和紀郎子《うじのわきいらつこ》をあとつぎにしようと考えていた。ところが、天皇が亡くなった直後に兄の大山守命《おおやまもりのみこと》が挙兵して、宇治にある宇遅能和紀郎子《うじのわきいらつこ》の宮に攻め寄せた。

応神天皇関係系図

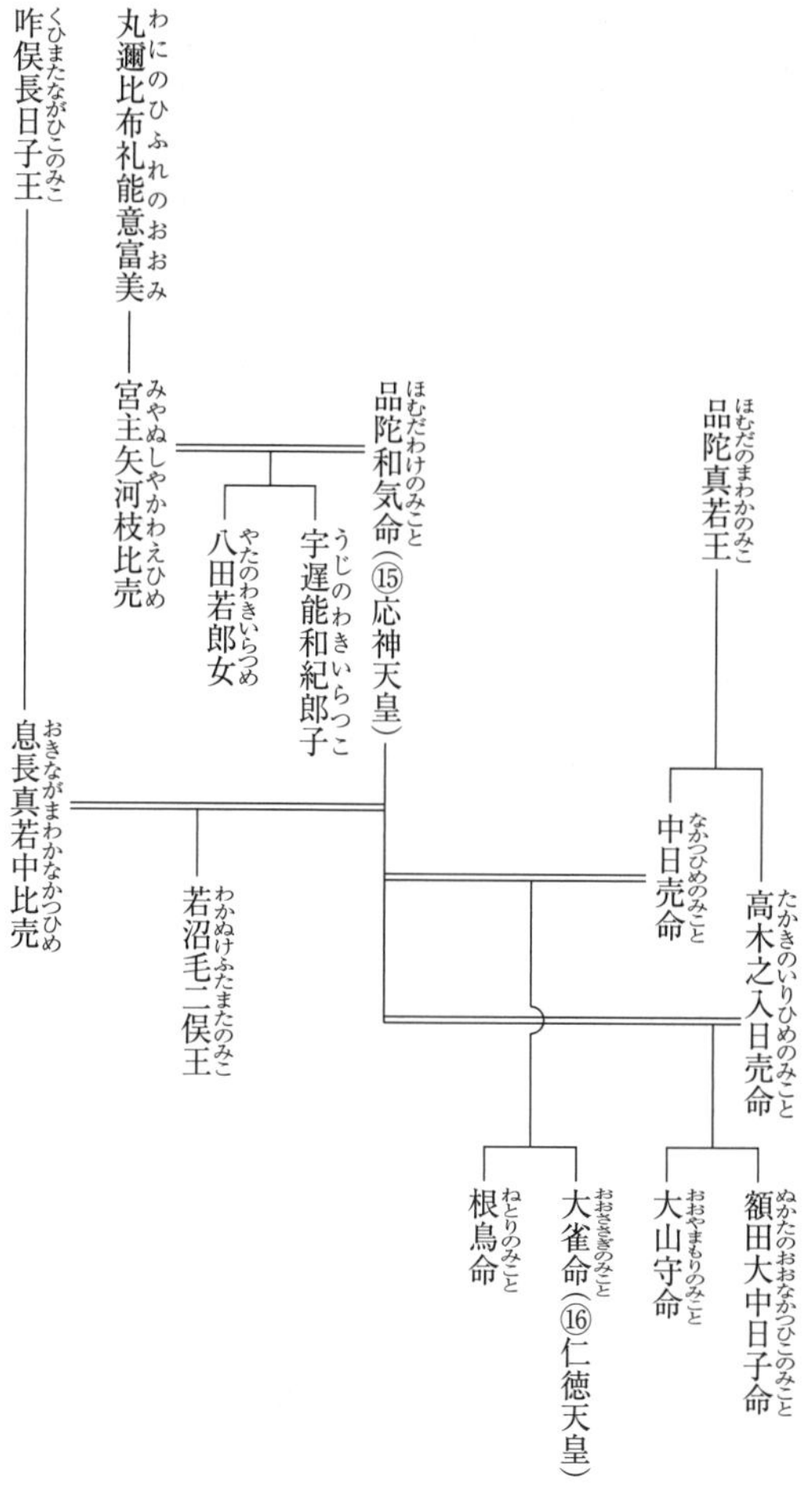
咋俣長日子王《くひまたながひこのみこ》
丸邇比布礼能意富美《わにのひふれのおおみ》
宮主矢河枝比売《みやぬしやかわえひめ》
品陀和気命《ほむだわけのみこと》（⑮応神天皇）
宇遅能和紀郎子《うじのわきいらつこ》
八田若郎女《やたのわきいらつめ》
品陀真若王《ほむだのまわかのみこ》
息長真若中比売《おきながまわかなかつひめ》
若沼毛二俣王《わかぬけふたまたのみこ》
中日売命《なかつひめのみこと》
高木之入日売命《たかきのいりひめのみこと》
根鳥命《ねとりのみこと》
大雀命《おおさざきのみこと》（⑯仁徳天皇）
大山守命《おおやまもりのみこと》
額田大中日子命《ぬかたのおおなかつひこのみこと》

二〇　大山守命の謀反

（本文の訳文）


宇遅能和紀郎子《うじのわきいらつこ》は、宇治川のほとりに自分の兵を隠しておいた。そして宇治の山の上に、絹の幕を張りわたした偽りの陣をつくらせ、一人の舎人《とねり》（貴人のそば近く仕える家来）にいい服を着せて幕のなかにおいた椅子にかけさせた。あたりの家来たちには、舎人にうやうやしく仕えるように命じた。そのために舎人は、遠目にあって宇遅能和紀郎子《うじのわきいらつこ》その人にみえた。

宇遅能和紀郎子《うじのわきいらつこ》は宇治川に一艘の船をつなぎ、そこに大山守命《おおやまもりのみこと》を誘い込もうと考えた。そのため庶民が用いる粗末な服を身につけて、梶《かじ》を握って船頭になりすました。船には佐《さ》那葛《なかずら》という蔓草《つるくさ》をついてつくった汁が、塗ってあった。それに乗った者が、すべって転ぶ仕掛けをしておいたのである。

そこに大山守命《おおやまもりのみこと》が、ただ一人で通りかかった。かれは自分の軍勢を近くに待たせて、偵察にきたのだ。大山守命《おおやまもりのみこと》は鎧《よろい》をつけて、その上に鎧を隠すための衣服をつけていた。

大山守命《おおやまもりのみこと》は対岸の陣のなかの舎人が宇遅能和紀郎子《うじのわきいらつこ》だと思い、本物の宇遅能和紀郎子《うじのわきいらつこ》が船頭に変装した船で対岸にわたろうとした。船が漕ぎ出されたときに、大山守命《おおやまもりのみこと》は船頭の宇遅能和紀郎子《うじのわきいらつこ》にこう言った。

「あそこの山の上の大きな手負《てお》いの猪を、とらえたいものだ」

すると宇遅能和紀郎子《うじのわきいらつこ》は、こう答えた。

「これまでいろいろな人が、あの猪をつかまえようとしました。しかし誰もとらえられませんでした。いくらあなたが欲しがっても、あの猪は手に負えますまい」

このような話をしているうちに、船は川のまんなかまできた。宇遅能和紀郎子《うじのわきいらつこ》は、その機をとらえて、船を傾けた。すると大山守命《おおやまもりのみこと》は、佐那葛《さなかずら》の汁に滑って水のなかに落ちていった。

大山守命《おおやまもりのみこと》はまもなく水面に顔だけ出して、こう歌った。

宇治の渡しに　棹《さお》を操《あやつ》る
猛《たけ》く賢《さか》しい　船人《ふなびと》よ

水に溺れる　この苦しみから
　どうか救いに　きておくれ

ところが宇遅能和紀郎子《うじのわきいらつこ》はその頼みに耳をかさず、隠していた味方の兵士に命じて川岸の手前を狙って矢を放たせ、大山守命《おおやまもりのみこと》が岸に上がれないようにしたので、大山守命《おおやまもりのみこと》は下流まで流されて溺れてしまった。一介の兵士が王子の身分にある大山守命《おおやまもりのみこと》を武器を用いて死なせるのは好ましくない。そのため宇遅能和紀郎子《うじのわきいらつこ》は、川の神に大山守命《おおやまもりのみこと》を裁いてもらったのである。

解説

34　葛城氏と和珥氏

宇遅能和紀郎子《うじのわきいらつこ》は皇位をつげず、大雀命《おおさざきのみこと》が十六代仁徳《にんとく》天皇になった。このあたりの皇位継承に、葛城氏と和珥氏の勢力争いがかかわっていたことが推測できる。
葛城氏も和珥氏も、奈良盆地に勢力を張った豪族である。そして四世紀末の時点で、葛城一族、和珥氏を含む春日《かすが》一族、物部氏が朝廷の中央豪族のなかの三大勢力であった。

奈良盆地の豪族分布図

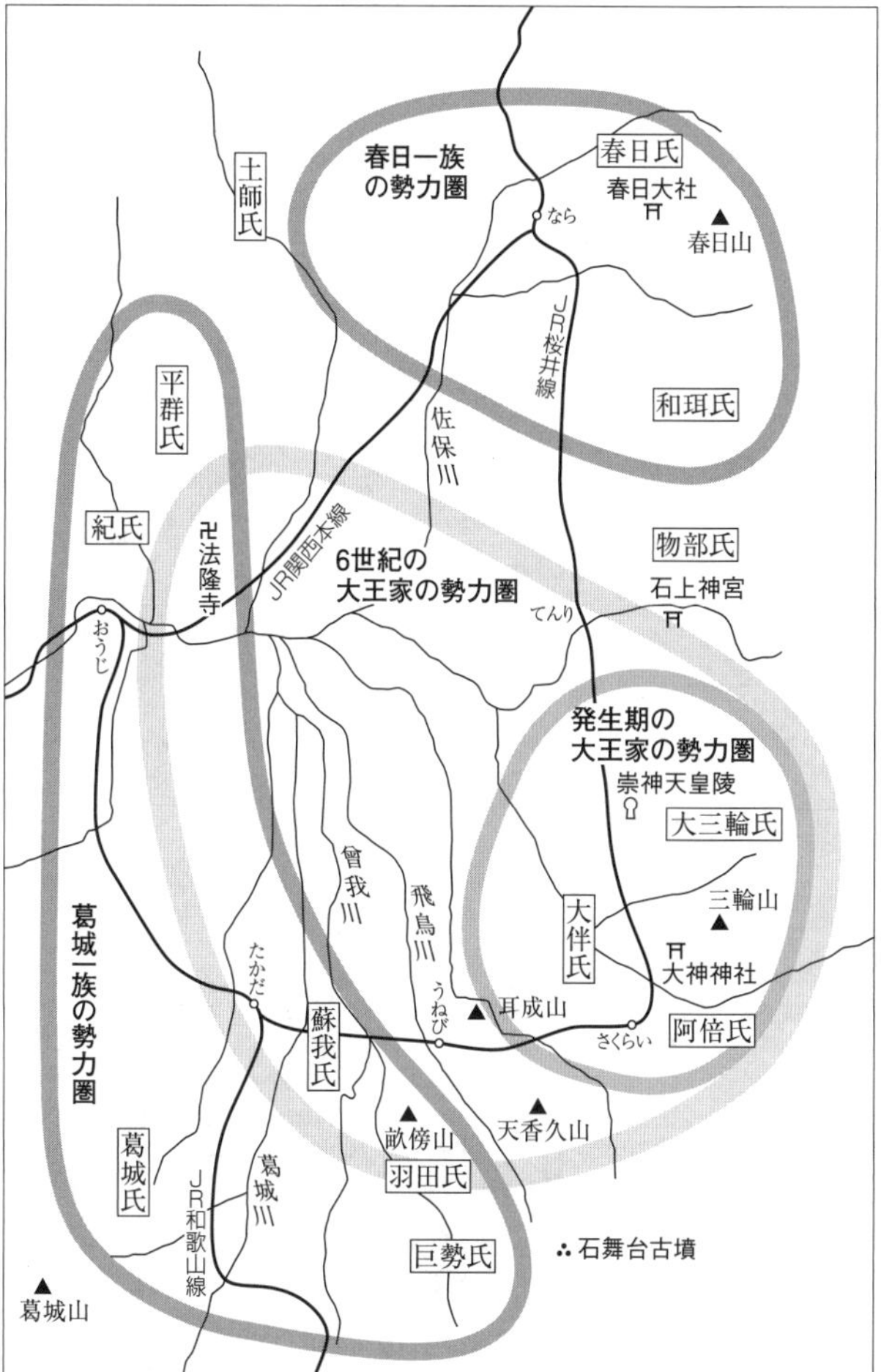

春日一族の勢力圏
春日氏
春日大社
なら
春日山
土師氏
JR桜井線
平群氏
佐保川
和珥氏
紀氏
卍法隆寺
JR関西本線
6世紀の大王家の勢力圏
物部氏
石上神宮
てんり
おうじ
発生期の大王家の勢力圏
崇神天皇陵
大三輪氏
曾我川
飛鳥川
三輪山
大伴氏
葛城一族の勢力圏
大神神社
たかだ
うねび
耳成山
蘇我氏
さくらい
阿倍氏
畝傍山
天香久山
葛城氏
JR和歌山線
葛城川
羽田氏
巨勢氏
石舞台古墳
葛城山

仁徳天皇の妻子

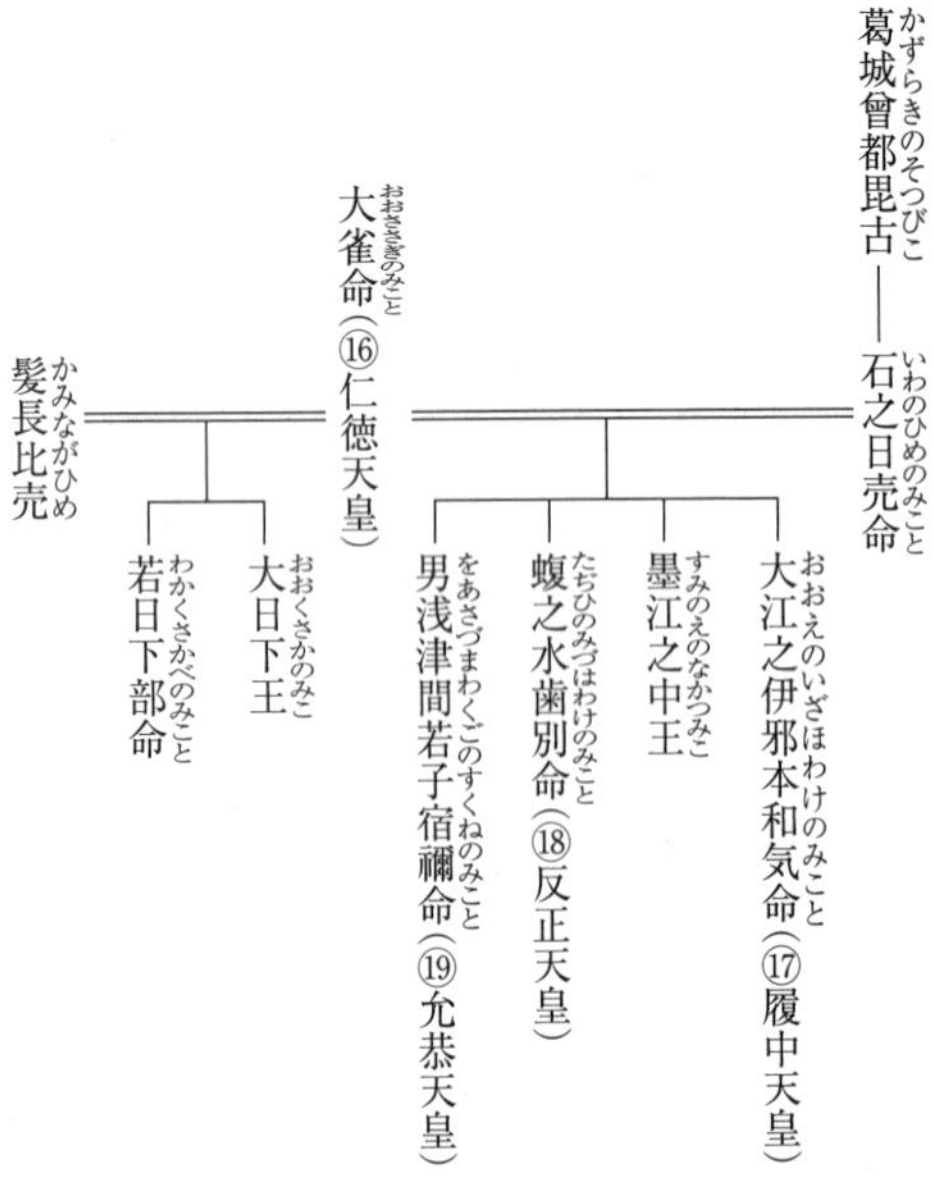

葛城一族は、葛城氏、平群《へぐり》氏、巨勢《こせ》氏、蘇我氏からなる同族集団である。そして春日一族には春日氏、和珥氏、粟《あわ》田《た》氏、小野氏などがいた。
宇遅能和紀郎子《うじのわきいらつこ》の母は、和珥氏の女性であった。大雀《おおささぎの》命《みこと》は王族の娘を母とするが、かれの妻は葛城曾都毘古《そつびこ》の娘の石之日売命《いわのひめのみこと》であった。
仁徳天皇の時代に、曾都毘《そつび》古《こ》は朝廷で権力をふるい葛城一族の人間を登用した。『日本書紀』が引用する「百済記《くだらき》」という文献に、日本と百済との交渉で活躍した「沙至比跪《さちひこ》」という人物が出てくる。
この「沙至比跪《さちひこ》」は、「曾都毘古《そつびこ》」と同一人物だと考えられている。四世紀末という古い時代の人物であっても、葛城曾都毘古《そつびこ》の実在は確実である。そして、その頃の葛城氏が、朝廷で重きをなしていたことも確かめられる。

春日氏の本拠にあたる奈良盆地北部の古墳が、四世紀末に小規模になっていく。宇遅能《うじの》和紀郎子《わきいらつこ》の自害の話は、この時期に和珥氏の勢力が後退したことをもとに創作されたのであろう。


〈物語の続き〉


大山守命《おおやまもりのみこと》が亡くなったあと、大雀命《おおさざきのみこと》と宇遅能和紀郎子《うじのわきいらつこ》はお互いに皇位を譲り合って即位しなかった。そのため、天皇が決まらずに民衆が苦しむありさまをみた宇遅能和紀郎《うじのわきいら》子《つこ》は自ら命を絶ち、大雀命《おおさざきのみこと》が天皇となった。

応神天皇の御世に、新羅の王子の天之日矛《あめのひぼこ》が但馬国に渡ってきた。天之日矛《あめのひぼこ》がもってきた宝物は、出石《いずし》神社にまつられている。

この出石の神の娘、伊豆志袁登売神《いずしおとめのかみ》をめぐって、秋山之下氷壮夫《あきやまのしたびおとこ》と春山之霞壮夫《はるやまのかすみおとこ》という兄弟の神が争った。兄の神が弟の神に、「お前が伊豆志袁登売神《いずしおとめのかみ》を得たら多くの贈り物をしよう」と約束した。ところが、弟の神が母神の助けをうけて伊豆志袁登売神《いずしおとめのかみ》を妻にしたのに、兄の神は贈り物を出さなかった。そのために兄の神は母神の呪いをうけて大いに苦しみ、泣く泣く弟の神にあやまった。

下巻

王族と豪族の抗争

二一　仁徳天皇の善政

（本文の訳文）

仁徳天皇は即位してまもなく、高い山に登って四方の村々の様子を眺めた。すると国じゅうのどこにも、ご飯を炊く煙が上がっていなかった。

仁徳天皇は大いに悲しみ、役人たちに、

「これから三年の間は、人びとから租税を取ってはならない」

と命じた。

このために王宮のあちこちがしだいに傷《いた》んで、雨漏りするようになった。それでも天皇は辛抱した。

雨の漏るところに器をおいて雨をうけ、雨のあたらないところで生活したのである。

三年経って天皇が再び山に登ると、国のいたるところからご飯を炊く煙がみられた。天

『宋書』にみえる「倭の五王」の年表

421	讃、宋に遣使し叙される。
425	讃、宋に遣使し朝貢。
430	倭国王、宋に遣使し朝貢。
438	珍、宋に遣使し、「安東将軍倭国王」となる。
443	済、宋に遣使し、「安東将軍倭国王」となる。
451	済、「使持節都督倭・新羅・任那・加羅・秦韓・慕韓六国諸軍事安東大将軍倭王」となる。
460	興、宋に遣使し朝貢。
462	興、「安東将軍倭国王」となる。
477	倭国、宋に遣使し朝貢。
478	武、「使持節都督倭・新羅・任那・加羅・秦韓・慕韓六国諸軍事安東大将軍倭王」となる。

皇は「みんなが豊かに暮らせるようになった」と思い、はじめて租税を集めよと命令を出した。

十分に蓄えのできていた民衆は、やすやすと租税を納めることができた。このことによって仁徳天皇の治世が、「聖帝の御世」と称《たた》えられるようになったのである。

解説

35　「倭の五王」と仁徳天皇

五世紀に中国では、北朝の諸王朝と南朝の諸王朝とがならび立っていた。このなかで正統とされる南朝の宋朝《そうちょう》（劉宋朝）に、五人の倭王が使者を派遣した。かれらは「倭《わ》の五王《ごおう》」と呼ばれる。倭の五王の遣使は、四二一年から四七八年にかけて行なわれた。

劉宋朝の中国

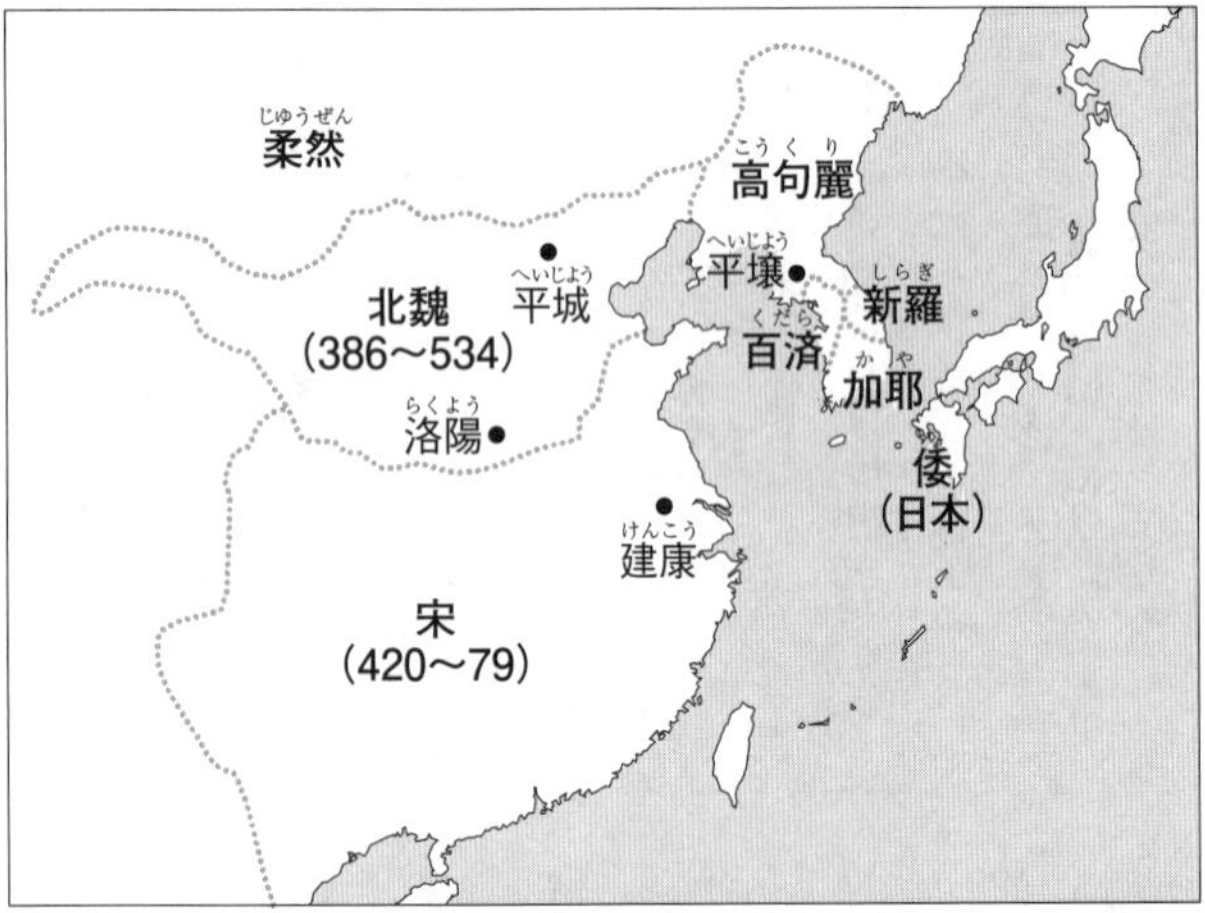

「倭の五王」と天皇系図

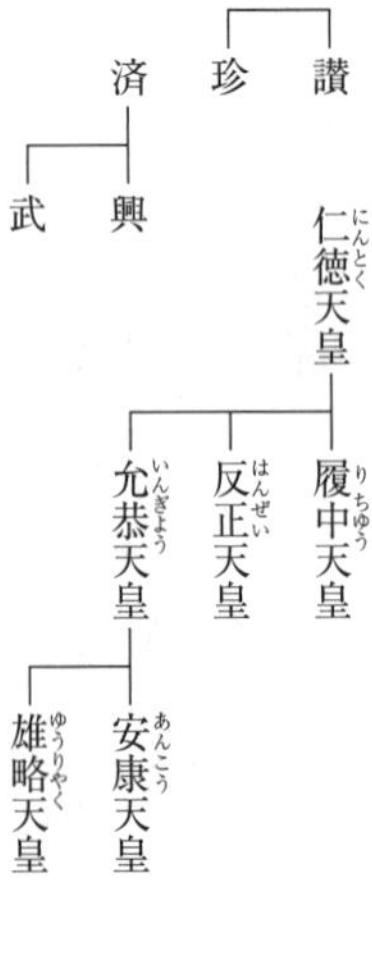

この時代に日本は長期にわたって高句麗と争っていた。そのため倭の五王は宋朝に献上品を贈り、日本が百済、新羅、加耶の地を支配することを正当化する官職を求めた。
中国の歴史書に、讃《さん》、珍《ちん》、済《さい》、興《こう》、武《ぶ》の五人の倭王の名前が出てくる。そしてそこの記述から、かれらのあいだの血縁関係もわかる。

『古事記』や『日本書紀』が記す五世紀の王家の系譜は、倭の五王のあり方にほぼ対応する。とくに倭の五王の最後にくる「倭王武」の名前は、雄略《ゆうりゃく》天皇の実名、「ワカタケ」の「タケ」を漢字にしたものであることはほぼ確かである。

このことから推測して、興が安康《あんこう》天皇で、済が允恭《いんぎょう》天皇、珍を済の兄、珍を反正《はんぜい》天皇とする説が有力である。

そこからは、讃を履中《りちゅう》天皇とするみかたと、仁徳天皇の実名の「オオサザキ」の「サ」を「讃」と表記したと主張する立場とにわかれている。

しかし私は、「倭の五王」の時代の王家の系譜は、七世紀なかばに中国の文献に合わせて整えられたのではないかとみる。履中天皇、允恭天皇、雄略天皇の存在はほぼ確実で、かれらの名前も伝えられていた。しかし反正天皇と安康天皇は、のちに系図に加えられた大王ではないかとみているのである。

36　仁徳天皇と難波

『古事記』は、仁徳天皇が「難波《なにわ》の高津宮《たかつのみや》」で天下を治めたと記している。この難波の高津宮と推測される遺跡が、大阪市で発掘された。

難波宮

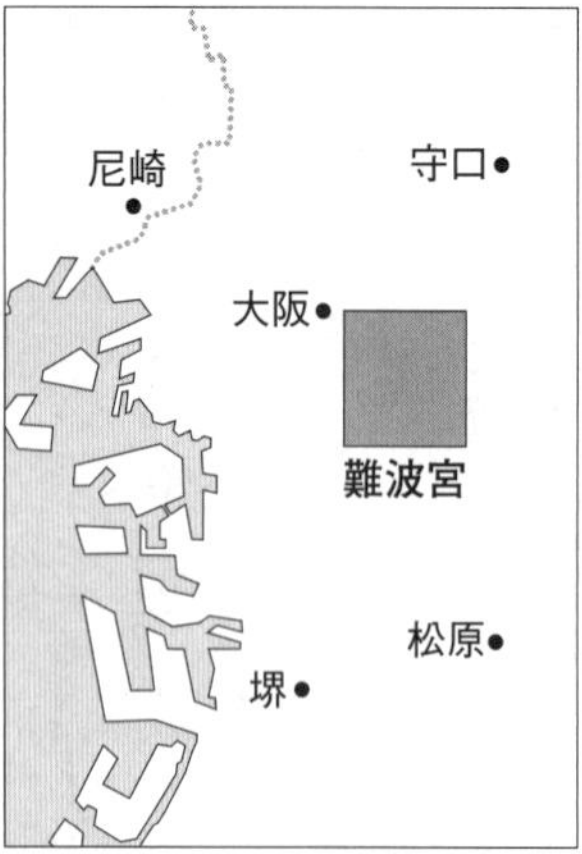

纏向周辺の古墳

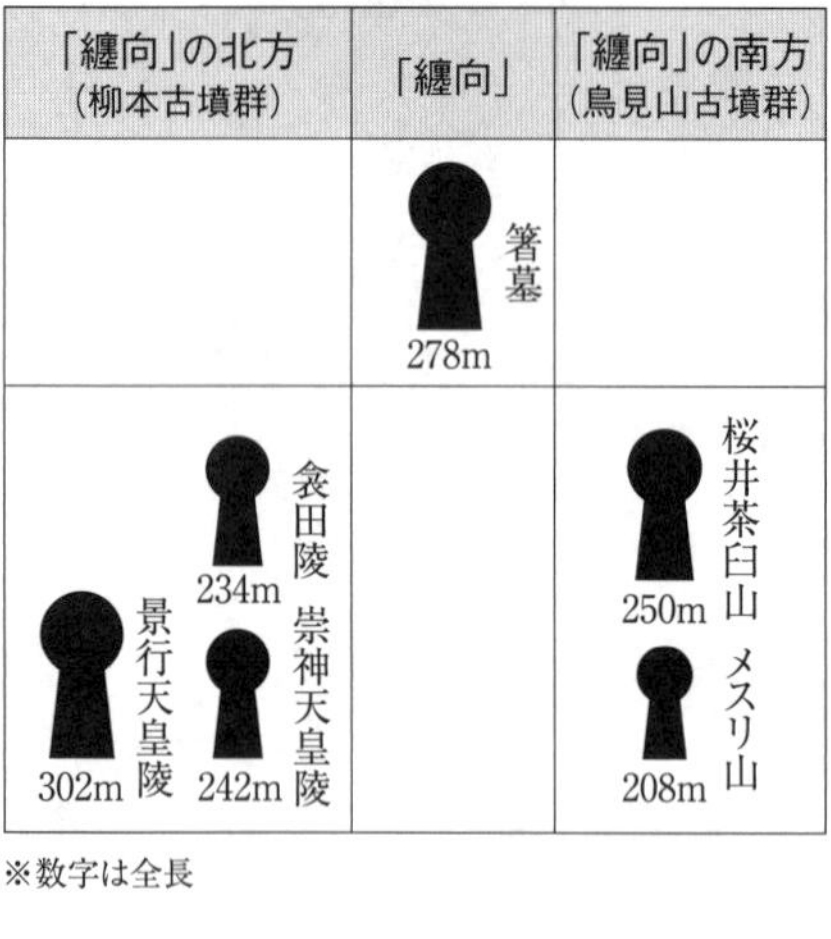

「纒向」の北方 （柳本古墳群）	「纒向」	「纒向」の南方 （鳥見山古墳群）
	箸墓 278m	
景行天皇陵 302m　崇神天皇陵 242m　袞田陵 234m		桜井茶臼山 250m　メスリ山 208m

※数字は全長

それは難波宮跡《なにわのみやあと》の遺構の下の、五世紀はじめの地面でみつかった。難波宮跡のもっとも上の層に、「後期難波宮」と呼ばれる奈良時代の難波宮がある。そしてその下に、七世紀なかばの大化改新《たいかのかいしん》のときに孝徳《こうとく》天皇が営んだ、「前期難波宮」がある。さらにその下からは、六世紀に朝廷が設けた難波屯倉《なにわのみやけ》の遺跡が出ている。その下層から、五世紀はじめの巨大な十二棟の建物跡が発掘されたのである。

この建物は、五世紀の王宮にふさわしい規模をもっている。つまり難波宮跡の発掘によって、難波の高津宮が実在したことが証明されたのである。

前にあげた桜井市纏向遺跡（九四頁参照）は、難波高津宮が建設される直前の四世紀末に用いられなくなっている。このことは仁徳天皇の時代に、王家が本拠を纏向から河内に移したことを意味する。

難波の地はのちに摂津《せっつ》国に属することになるが、古くは河内《かわち》、和泉《いずみ》、摂津の三国を合わせた範囲が河内と呼ばれていた。

大王を葬ったものとみられる有力な古墳は、四世紀には纏向周辺の柳本《やなぎもと》（天理市）や鳥見山《とみやま》（桜井市）に営まれていた。ところが五世紀にそれは、河内の古市《ふるいち》（羽曳野《はびきの》市）と百舌鳥《もず》（堺《さかい》市）に築かれるようになった。


（物語の続き）

仁徳天皇の大后《おおきさき》（正妻）の石之日売命《いわのひめのみこと》は、嫉妬深い女性であった。仁徳天皇に想いを寄せた吉備の豪族の娘、黒比売《くろひめ》は、皇后を恐れて故郷の吉備に帰ってしまった。

河内の古墳

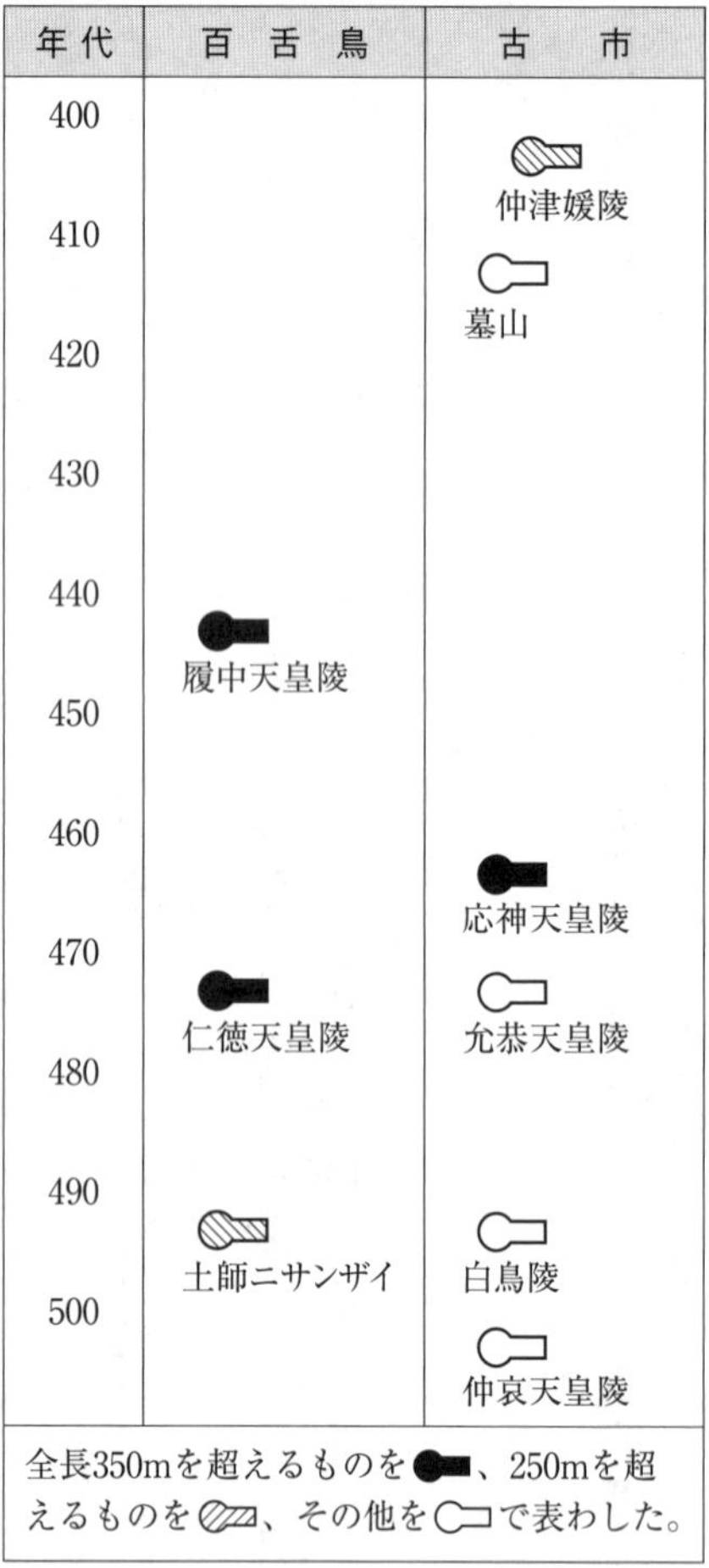

しかし天皇はこのあと、皇族の八田若郎女《やたのわかいらつめ》を側室にむかえた。このとき石之日売命《いわのひめのみこと》は怒って故郷の葛城に帰ろうとした。
だが仁徳天皇が山城の筒木《つつき》（田辺町）にいた石之日売命《いわのひめのみこと》を訪れ、ていねいに詫びた。そのため大后は機嫌をなおして、都に帰ってきた。

そして仁徳天皇は、異母妹の女鳥王《めどりのひめみこ》を妃《みめ》（庶妻）にむかえようとした。天皇は弟の速《はや》総別王《ぶさわけのみこ》を使者として女鳥王《めどりのひめみこ》のところに送ったが、女鳥王《めどりのひめみこ》は速総別王《はやぶさわけのみこ》を気に入ってしまった。

石之日売命が葛城へ向かった道

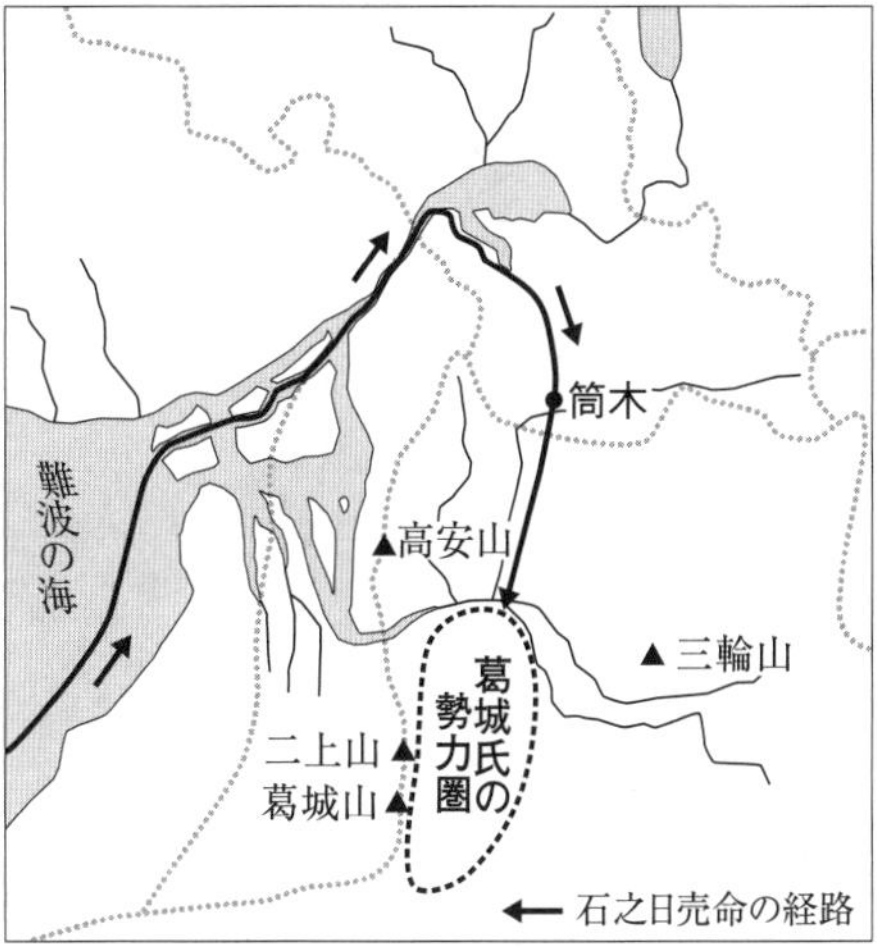

速総別王《はやぶさわけのみこ》と女鳥王《めどりのひめみこ》が天皇に断りなく夫婦になったので、天皇は山部大楯《やまべのおおたて》という将軍を送って二人を討たせた。このとき山部大楯《やまべのおおたて》が女鳥王《めどりのひめみこ》の玉釧《たまくしろ》（ヒスイでつくった腕飾り）を奪ったので、天皇は山部大楯《やまべのおおたて》を処刑した。
仁徳天皇の宮廷に、建内宿禰《たけしうちのすくね》という長年にわたって仕えた重臣がいた。宮廷の宴会の席で雁《かり》が卵を産むめでたい出来事があったので、天皇は建内宿禰《たけしうちのすくね》に長寿を称《たた》える和歌を授けた。
仁徳天皇の御世に、巨大な樹からつく

履中天皇の逃走路

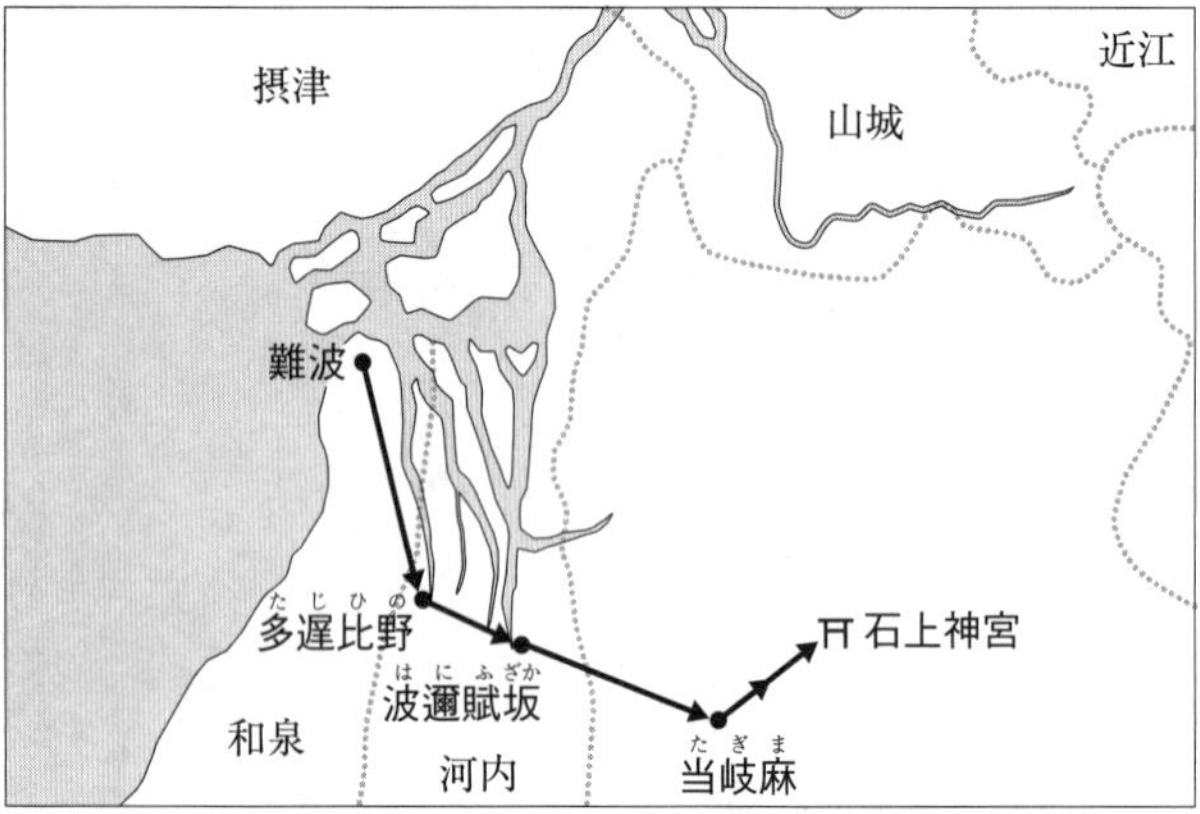

られた枯野《かれの》という船があった。役人がこの船で毎日のように難波と淡路島を往来して、天皇に淡路島の旨い湧き水を届けた。
仁徳天皇のあと、長男の伊邪本和気命《いざほわけのみこと》（履中天皇）が難波宮で王位をつぐことになっていた。王位につく少し前のこと、伊邪本和気《いざほわけ》命《みこと》は新嘗祭《にいなめまつり》（収穫を神に感謝する儀式）を行ない、まつりのあとで酔ってぐっすり眠っていた。
そのとき天皇の弟の墨江中王《すみのえのなかつみこ》が反乱を起こし、難波宮の天皇の御殿に火をつけた。伊《い》邪本和気命《ざほわけのみこと》は倭の漢直《あやのあたえ》の祖先、阿知使主《あちのおみ》に守られて、峠を越えて、大和の石上神宮に入った。

二二　墨江中王の反乱

（本文の訳文）


石上神宮に逃れた伊邪本和気命《いざほわけのみこと》のもとに、水歯別王《みずはわけのみこ》が訪ねてきた。かれは天皇の弟の墨江中王《すみのえのなかつみこ》の、さらにその下の弟であった。

水歯別王《みずはわけのみこ》は天皇へのお目通りを求めたが、伊邪本和気命《いざほわけのみこと》はそばの者に命じてこのような口上《こうじょう》を伝えさせた。

「お前は、兄の墨江中王《すみのえのなかつみこ》と通じているのであろう。墨江中王《すみのえのなかつみこ》に言われて私を殺しにきた者を、そばに寄せつけるわけにはいかない」

これに対して水歯別王《みずはわけのみこ》は、そばの者に伊邪本和気命《いざほわけのみこと》にこう伝言するように求めた。

「私は、よこしまな心はもっておりません。だから国を傾ける墨江中王《すみのえのなかつみこ》の悪巧みに加担することなどはありません」

これを聞いた伊邪本和気命《いざほわけのみこと》は、そばの者にこのような返事を届けさせた。

「お前が私の味方ならば、これから難波に行って墨江中王《すみのえのなかつみこ》を討ってまいれ。それができれば、対面を許そう」

この言葉を聞いて、水歯別王《みずはわけのみこ》は暗い気持ちになった。しかし兄が自分を疑うのは、もっともだとも思った。伊邪本和気命《いざほわけのみこと》、墨江中王《すみのえのなかつみこ》、水歯別王《みずはわけのみこ》は、同じ母から生まれた兄弟であった。

しかし伊邪本和気命《いざほわけのみこと》がもの静かな人間であるのに、墨江中王《すみのえのなかつみこ》は陽気で男性にも女性にも好かれていた。それまで水歯別王《みずはわけのみこ》は長男の伊邪本和気命《いざほわけのみこと》（履中天皇）より、次男の墨江中王《すみのえのなかつみこ》と多くの時間をともにしてきたからだ。

墨江中王《すみのえのなかつみこ》には、王位を約束された兄に背《そむ》いてでも、自分についてくる多くの人材を集めるだけの人徳があった。しかし水歯別王《みずはわけのみこ》は、

「たとえ血を分けた兄であっても、『伊邪本和気命《いざほわけのみこと》を大王にせよ』という父、仁徳天皇の遺言に背いた者は倒さねばならない」

と考えた。かれには墨江中王《すみのえのなかつみこ》を討つための、一つの策があった。

水歯別王《みずはわけのみこ》が難波宮に行くと、墨江中王《すみのえのなかつみこ》は大喜びで弟をむかえた。かれは水歯別王《みずはわけのみこ》を少しも疑わずに、自軍に加えた。天皇の御殿はすでに消火され、難波宮の大部分は無事だ

った。

水歯別王《みずはわけのみこ》は墨江中王《すみのえのなかつみこ》の近臣たちの様子を一、二日じっくり観察し、隼人（一二〇頁参照）の曽婆訶里《そばかり》という者に目をつけた。身勝手で、上昇志向の強そうな人間だったからだ。

水歯別王《みずはわけのみこ》はひそかに、曽婆訶里《そばかり》をかげに呼び寄せてこう言った。

「そなたが私の頼みを聞いてくれるならば、私が天皇になったときにそなたを大臣《おおおみ》にとり立ててやる。二人で、天下を治めよう」

貴いお方から有り難いお言葉をいただいた曽婆訶里《そばかり》は、天にものぼる心地でこう返事した。

「王子《みこ》さまの仰せなら、何でも従います」

水歯別王《みずはわけのみこ》は、勾玉の首飾りや、手にもった絹の袋から金張りの腕飾りを出して、曽婆《そば》訶里《かり》に与えた。

「大臣になったときに、これを身につけるがよい。立派にみえるぞ」

曽婆訶里《そばかり》の嬉しげな表情をみて、水歯別王《みずはわけのみこ》は声をひそめて言葉を続けた。

「墨江中王《すみのえのなかつみこ》がいなくなれば、ここの軍勢は黙ってわしに従う。かれらをつかってどこかに隠れている伊邪本和気命《いざほわけのみこと》を討てば、天皇にふさわしい王子《みこ》はわし一人になる。お前の主人《あるじ》を、ひそかに殺せ」

曾婆訶里《そばかり》はこの言葉を聞いて、勇んで墨江中王《すみのえのなかつみこ》警備のもち場に戻った。そして主人が厠《かわや》に入ったところを狙って、矛で刺し殺してしまった。

解説

37　大王の身内争い

『古事記』や『日本書紀』には、五世紀の王族間の争いの話が多く記されている。この時代の王族は、平安貴族のように策略を使わずに、自ら武力を用いて政敵を倒した。

大王の身内争いは、四世紀と五世紀の大王の支配の性格が異なっていたことから生じたものだと考えられる。王家の本拠が纏向にあった四世紀の大王は祭祀を重んじ、大物主《おおものぬしの》神《かみ》の権威によって人びとを支配していた。

ところが、難波に遷った仁徳天皇は強力な軍隊を育成して権力を強め、自ら農地開発を指導した。大王が国政を指導するようになったため朝廷内に、

「より高い能力をもつ者が、大王になるべきである」

とする考えが広まった。そのために王族が武力で、王位を狙うようになったのである。

大王の身内争い関連の系図

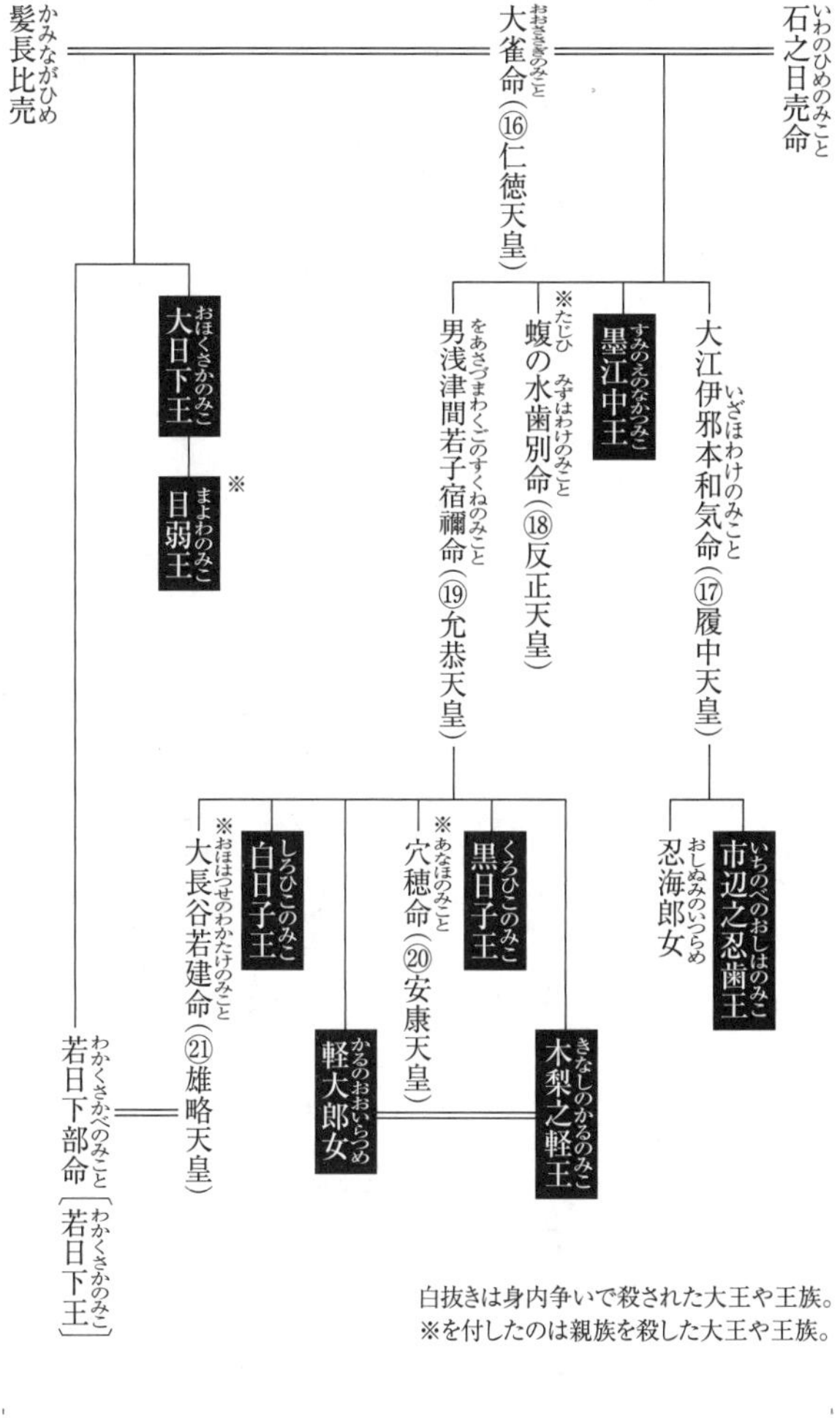

白抜きは身内争いで殺された大王や王族。
※を付したのは親族を殺した大王や王族。

『古事記』の古い部分にみえる建波邇安王《たけはにやすひこ》（崇神記）や沙本毘古命《さほびこのみこと》（垂仁記）の反乱の話は伝説的である。しかし五世紀の大王の身内争いに関する物語は、それに関わった人間の息ずかいが伝わるような生き生きした形をとっている。これはそれらが実際にあった事件をふまえた、「旧辞《きゅうじ》」の伝承によって書かれたことを意味するものであろう。

六世紀はじめの継体天皇が再び、王家を、祭祀を第一とする形にした。このときに、新たな天照大御神《あまてらすおおみかみ》信仰がつくられた。継体天皇以後、大王は祭祀を担当する朝廷のまとめ役になっていった。そして国政には大臣《おおおみ》、大連《おおむらじ》となった有力豪族があたるようになった。

『古事記』などからみるかぎり、墨江中王《すみのえのなかつみこ》はこの反乱において、あと一歩で、王位を約束されていた兄に勝つところまでいったらしい。そのため、そのあとの大王や大王候補者は朝廷で権力を確立するために、自分と地位を争いそうな王族を除いておくようになったのである。

38　伊邪本和気命（履中天皇）と墨江中王

『日本書紀』は、履中天皇と墨江中王《すみのえのなかつみこ》との争いのきっかけについてこのように記している。

「伊邪本和気命《いざほわけのみこと》が羽田矢代宿禰《はたのやしろのすくね》の娘の黒媛《くろひめ》を妻にむかえようとして、墨江中王《すみのえのなかつみこ》を使者に送った。ところが黒媛と墨江中王《すみのえのなかつみこ》の二人は、互いにひかれ合って深い仲になってしまった。そのため墨江中王《すみのえのなかつみこ》は、伊邪本和気命《いざほわけのみこと》の仕返しを恐れて挙兵した」

次の大王の位を約束されている王子ならば、家柄のよい娘を妻にむかえる機会はいくらでもある。相手は同母の弟だから、黒媛と一緒になることを認めてやってもよさそうに思える。そうすれば弟は、真心込めて兄を支えたろう。

墨江中王《すみのえのなかつみこ》の反乱の物語では、兄の伊邪本和気命《いざほわけのみこと》は器量のいい人物として描かれる。そして弟の墨江中王《すみのえのなかつみこ》は、これとは反対のおおらかな人物とされている。伝承を勝者に都合のいいようにつくりかえて、墨江中王《すみのえのなかつみこ》を極悪人として描くこともできたはずである。

このことからみて墨江中王《すみのえのなかつみこ》の反乱時の兄弟の関係は、伝承と近いものではなかったかと思われる。この時代の王家で、人望のある弟が人気のない兄に取ってかわろうとしたが、兄の策略によって命を落とすという事件が起こったのだろう。


〈物語の続き〉

水歯別王《みずはわけのみこ》は、曾婆訶里《そばかり》を従えて大和に向かった。しかし途中で、主君殺しの曾婆訶里《そばかり》をこのままにしてはおけないと考えた。そのためかれは、「大臣になる前祝いだ」と言って曾婆訶里《そばかり》に酒を飲ませて斬り殺した。そのあと王位について履中天皇となった伊邪本和気命《いざほわけのみこと》は、朝廷の財政を扱う蔵官《くらのつかさ》を新設するなどのいくつかの政治改革を行なった。しかしかれは短い在位で亡くなった。

このあと水歯別王《みずはわけのみこ》が、反正《はんぜい》天皇になった。この天皇の御世には、大した出来事はなかった。

反正天皇が亡くなったとき、人びとは天皇の同母弟の男浅津間若子宿禰命《おあさづまわくごのすくねのみこと》に王位をつぐように求めた。かれは、いったん、足の病気があって歩くのに不自由だと言って断った。しかし妻の忍坂《おさか》の大中津比売命《おおなかつひめのみこと》が役人たちと一緒になって熱心に勧めたので、男浅津間《おあさづま》若子宿禰命《わくごのすくねのみこと》はようやく大王になるのを承知した。かれが允恭《いんぎょう》天皇である。

允恭天皇が王位についてまもなく、新羅の使者の金波鎮漢紀武《こんはちんかんきむ》が来日した。かれは薬の処方に通じており、あれこれ知恵を出して大王の病気をお治しした。

二三　盟神探湯

（本文の訳文）


允恭《いんぎょう》天皇は日頃から、豪族たちが勝手に臣《おみ》、連《むらじ》といった格の高い姓《かばね》を名乗っているのを憂えていた。姓《かばね》は大王に仕える豪族の序列をあらわすもので、これを授ける資格をもつ者は、大王ただ一人《ひとり》である。

そのため允恭天皇は、飛鳥《あすか》（奈良県明日香村《あすか》）にある味白檮《あまかし》で盟神探湯《くかたち》という神判《しんぱん》を行なった。大王は嘘を見抜く神のいる味白檮《あまかし》の言八十禍津日《ことやそまがつひ》の尾根の先端に釜をおかせて、煮えたぎった湯を沸《わ》かさせた。この釜は「玖訶瓮《くかべ》」と名付けられた。

そのあとで允恭天皇は朝廷に仕える豪族たちをすべて呼び集めて、一人ずつ釜のなかに手を入れさせた。正しい姓《かばね》を用いた者は無事だったのに、姓《かばね》を偽った者の手は焼けただれた。そのためにこの盟神探湯《くかたち》以降、姓《かばね》をごまかす者は一人もいなくなった。

氏のしくみ

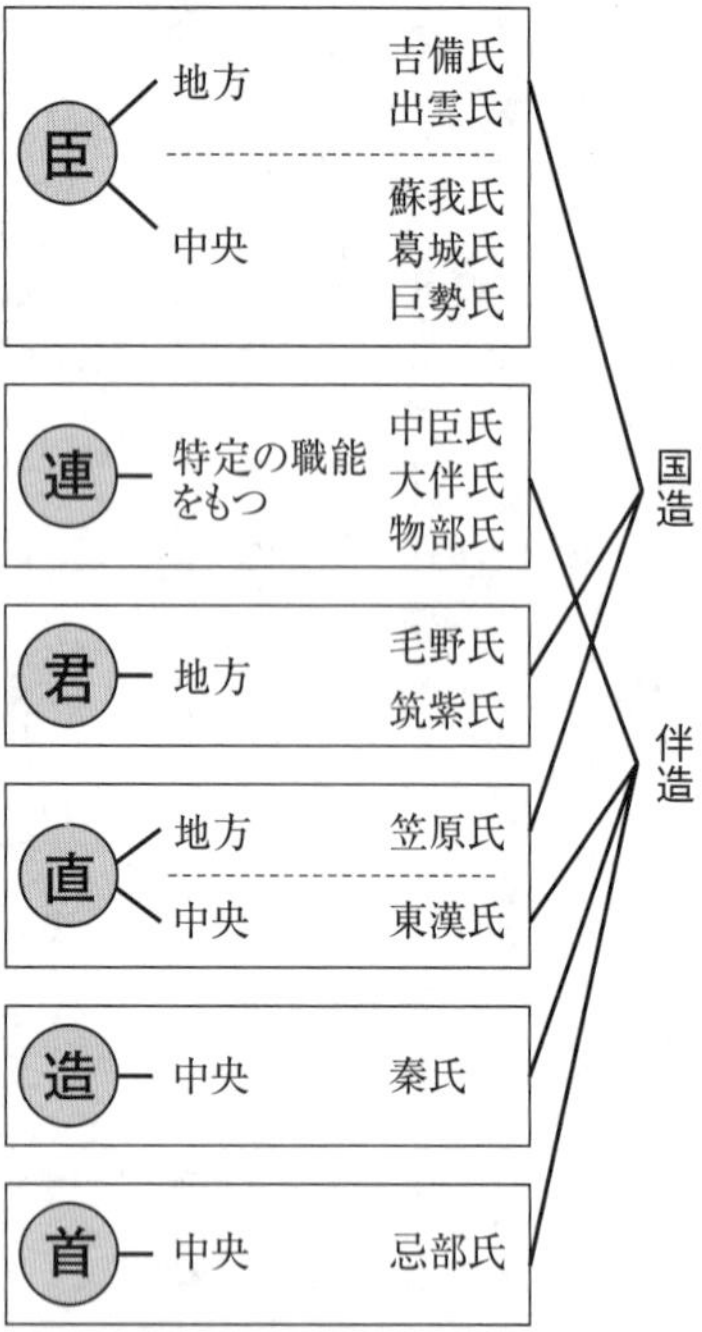

解説

39　姓の起源

大和朝廷の支配下の豪族たちは、「蘇我臣」「物部連」といった、それをもつ人間の家柄をあらわす名称を用いていた。つまり「馬《うま》子《こ》」という個人を示す名前をもつ者が、公式の場では「蘇我臣馬子」と呼ばれた。「物部氏」に属する「守屋《もりや》」の正式の名前が、「物部連守屋」であった。「蘇我臣」の「蘇《そ》我《が》」が氏《うじ》の名称で、「臣《おみ》」が姓《かばね》であると説明されることもある。しかし古代の文献では、「蘇我臣」つまり氏の名称と、私たちが姓《かばね》と呼ぶものを合わせたものが「姓《かばね》」とされていた。

そのために古代史研究の専門家はふつう、「姓《かばね》」というまぎらわしい字を使わずに「臣《おみ》」、

「連《むらじ》」などの名称を「カバネ」とする。氏の名称とカバネ（姓）とを合わせた「姓《かばね》」は、現代の名字と似ているようで異なる。

「姓《かばね》」は名字のように、父子の間で相続された。このような「姓《かばね》」のなかの姓《かばね》の違いは、それをもつ者の家柄の尊卑をあらわしていた。

七世紀はじめには、「姓《かばね》」はかなり整ったものになっていた。大王の支配をうける豪族すべてが「姓《かばね》」を名乗った。そして臣、連、君の姓《かばね》をもつ者が上位に、「直《あたい》」、「造《みやつこ》」、「首《おびと》」などのカバネをもつ者が下位におかれていた。

彦、別《わけ》、宿禰、岐弥《きみ》、建《たける》などは、大王や王族、豪族が自称したカバネだと考えられている。一定の地域を治める豪族が、そこの民衆に「彦」などの敬称で呼ばれたのである。

古代のカバネ

古代にはこの部分を姓《かばね》といった（朝臣、臣などのカバネをもっていることが重要で氏《うじ》の名称はかなり自由にかえられた）。

（氏《うじ》の名称）	（カバネ）	（個人の名前）
藤原	朝臣《あそん》	道長《みちなが》
蘇我	臣	馬子

　ところが大王は五世紀から、豪族が「彦」などのカバネを自称するのを禁ずるようになった。そして五世紀なかばもしくは末から、大王が臣、連などの新たなカバネを授ける形がつくられたと考えら

「稲荷山古墳出土鉄剣銘文」が伝える系譜

意富比跪《おおひこ》（大彦）──多加利足尼《たかりのすくね》（宿禰）
──弖已加利獲居《てよかりわけ》（別）──多加披次獲居《たかはしわけ》（別）
──多沙鬼獲居《たさきわけ》（別）──半弖比《はてひ》
──加差披余《かさひよ》──乎獲居臣《おわけのおみ》

れる。このようなカバネを用いた豪族の統制の起源に関する記憶が、盟神探湯《くかたち》として『古事記』に記されたのである。

埼玉県行田《ぎょうだ》市の稲荷山《いなりやま》古墳から出土した鉄剣の銘文は、カバネの成立を知る有力な手がかりとなるものである。雄略天皇の治世にあたる四七一年に乎獲居臣《おわけのおみ》という地方豪族がいた。かれがこの鉄剣をつくらせ、そこに自分の系譜と鉄剣をつくった経緯を記した銘文を刻ませた。

銘文の系譜によって乎獲居臣《おわけのおみ》の遠い祖先が、彦、別、宿禰のカバネを名乗っていたことがわかる。しかしそこの名前のなかのどれが実在する人間のもので、どれが伝説上の人物のものであるかはわからない。

そして乎獲居臣《おわけのおみ》の祖先は、かれの祖父の半弖比《はてひ》の代からカバネをもたなくなる。乎獲居《おわけ》のときにはじめて、雄略天皇に仕えて臣のカバネを授けられるのである。

（物語の続き）

允恭天皇が亡くなったあとのことである。木梨之軽王《きなしのかるのみこ》が、允恭天皇のあとつぎとされていた。ところがかれは同母妹の軽大郎女《かるのおおいらつめ》と深い仲になってしまった。この時代には異母の兄妹、姉弟の結婚が広く行なわれていたが、同母の兄妹、姉弟の結婚は大きな罪とされていた。そのために人びとは木梨之軽王《きなしのかるのみこ》に背き、弟の穴穂御子《あなほのみこ》についた。

二四　木梨之軽王の失脚

（本文の訳文）

朝廷で穴穂御子《あなほのみこ》を推す動きが高まっているのを知って、木梨之軽王《きなしのかるのみこ》は身の危険を感じた。そのためにかれは、物部大前宿禰《おおまえのすくね》、小前宿禰《おまえのすくね》という兄弟で大臣《おおおみ》をつとめている有力者の屋敷に逃げ込んだ。

このあと木梨之軽王《きなしのかるのみこ》は、軽箭《かるや》と呼ばれる中身を銅でつくった矢を多くつくらせた。これに対して穴穂御子《あなほのみこ》も軍勢を集めた。そして穴穂箭《あなほや》という、矢尻を鉄でつくった矢をこしらえさせた。いま広く使われているのが、この穴穂箭《あなほや》である。
穴穂御子《あなほのみこ》はこのあと大勢の軍勢を引き連れて、大前宿禰《おおまえのすくね》、小前宿禰《おまえのすくね》の屋敷を囲んだ。これに対して、木梨之軽王《きなしのかるのみこ》につく者は少なかった。穴穂御子《あなほのみこ》は雹《ひょう》が降るなか、物部氏の屋敷の門に迫った。かれはこのような和歌を歌って、自分に従った戦士たちを励ました。

大前小前《おおまえおまえ》の　宿禰《すくね》の門辺《かどべ》
武士《もののふ》集い　雨宿《あまやど》り
敵を討ち取り　凱歌《がいか》あげれば
強い氷雨《ひさめ》（雪）も　はや止《や》めり

この歌が終わると、大前宿禰《おおまえのすくね》と小前宿禰《おまえのすくね》が門を開いて踊りながら出てきた。かれらは手を大きく上げ下げして膝《ひざ》を交互に打っていた。この踊りの仕草が楽しくおかしいので、穴穂御子《あなほのみこ》に従った戦士たちの、殺気だって張りつめた気持ちがゆるんだ。

物部氏が率いる戦士の勇猛さは、よく知られていた。そのような精鋭の指導官が踊るのは、相手に戦意がないことをあらわしていたからである。大前宿禰《おおまえのすくね》と小前宿禰《おまえのすくね》は、このように歌いはじめた。

大宮人《おおみやびと》（宮廷で地位のある人）が脚《あし》に結べる
小鈴《こすず》落として　大騒ぎ
よくないことが　あったとしても
みんなで騒ぐ　かいはない

これは、立派な大宮人は小さなことでうろたえてはならない、と敵味方の戦士をさとす歌であった。

このあと大前宿禰《おおまえのすくね》と小前宿禰《おまえのすくね》は穴穂御子《あなほのみこ》の前に進み出て、このように申し上げた。

「天皇になられる立派な王子《みこ》さまが、わざわざ木梨之軽王《きなしのかるのみこ》さまをお攻めになられることはありません。同じ母から生まれた兄弟が争えば、世間の物笑いになります。私どもが木《き》梨之軽王《なしのかるのみこ》さまを捕らえて、さし出しましょう」

この言葉を聞いて、穴穂御子《あなほのみこ》は囲みを解いて引きあげた。このあと大前宿禰《おおまえのすくね》、小前宿禰《おまえのすくね》は約束通り、木梨之軽王《きなしのかるのみこ》を穴穂御子《あなほのみこ》のところに連れてきた。

解説

40 物部氏と石上神宮
物部氏は、石上神宮の祭祀にあたった豪族である。石上神宮には、神宝《かんだから》に多くの武器が納められていた。そのために石上神宮は、朝廷の一大事に備える武器庫の役割も担うことになった。

大量の武器を管理した物部氏は高い軍事力をもち、朝廷の政争にしばしば関与した。『日本書紀』は石上神宮の神宝の起源について、つぎのように記している。垂仁天皇のときに、王子の五十瓊敷命《いにしきのみこと》が一〇〇〇口の神聖な剣をつくらせて石上神宮に納めた。かれはそのまま神宝の管理を行なっていたが、年をとったときに妹の大中姫《おおなかつひめ》に自分の役目を譲ろうとした。

ところが姫は、自分は手弱女《たおやめ》にすぎないと言って、神宝の管理を物部十千根大連《とおちねのおおむらじ》に委ねたという。大和朝廷の発祥後まもない時期に、物部氏が王家の武器の管理を担当するようになったのであろう。『日本書紀』の石上神宮の神宝の記事は、そのことに関する記憶をもとに書かれたと思われる。
物部氏は古い時代から、三輪山の祭祀にも関わっていた。『日本書紀』は崇神天皇の御世に三輪山の神のまつりが始まったとき、物部氏の祖先の伊香色雄《いかがしこお》が神物班者《かみのものわかつひと》（供え者の管理者）をつとめたと記している。

物部氏系図

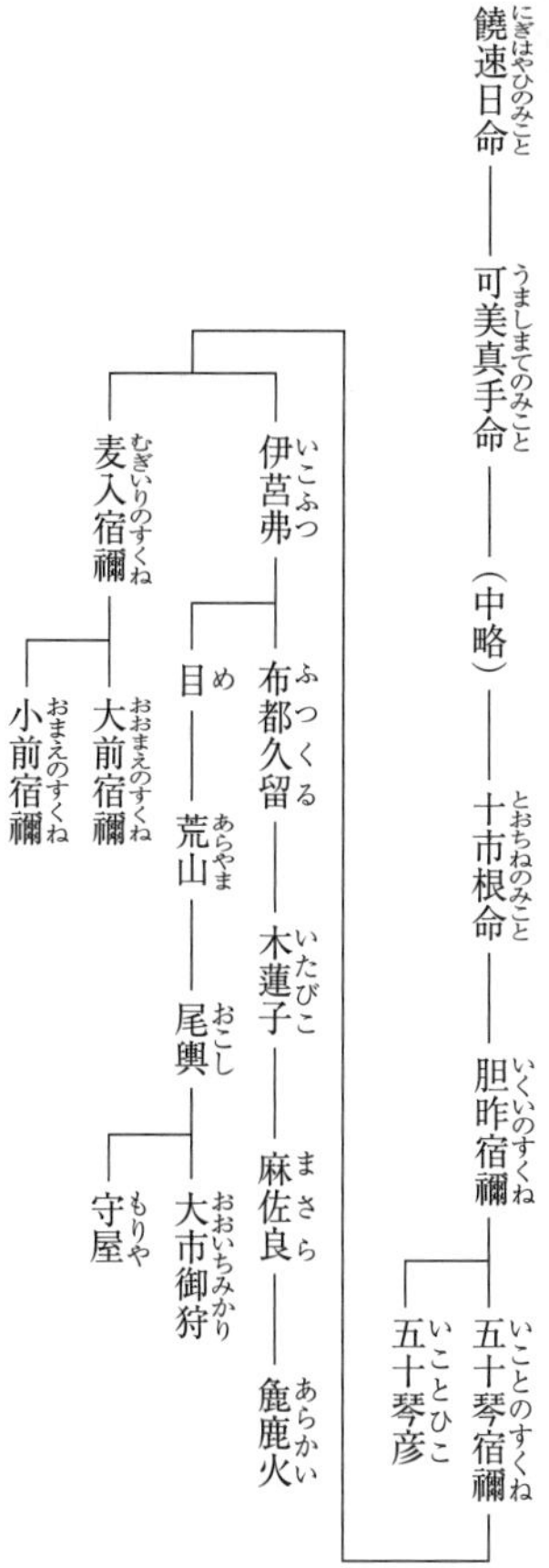

（物語の続き）

穴穂御子《あなほのみこ》は大前宿禰《おおまえのすくね》と小前宿禰《おまえのすくね》の気持ちを汲《く》んで、木梨之軽王《きなしのかるのみこ》の命はとらなかった。木梨之軽王《きなしのかるのみこ》は、伊予国の温泉（道後温泉）に流された。それからまもなく妹の軽大郎女《おおいらつめ》がはるばると伊予まできたときに、木梨之軽王《きなしのかるのみこ》は妹との再会を喜んだ。しかしこのあと、都に帰って愛する妹に幸福な生活を送らせることができないと嘆いて、妹とともに命を絶った。

穴穂御子《あなほのみこ》は即位して、安康《あんこう》天皇となった。かれは武勇にすぐれた弟の大長谷若建命《おおはつせわかたけのみこと》を、重用した。

天皇は叔母の若日下部命《わかくさかべのみこと》を若建命《わかたけのみこと》の妻にむかえようと考え、父、允恭天皇の異母弟で彼女の同母の兄にあたる大日下王《おおくさかのみこ》に使者を送った。大日下王《おおくさかのみこ》は大喜びで、その話をうけた。ところが、使いを命じられた根臣《ねのおみ》という者が出来心を起こして、大日下王《おおくさかのみこ》が天皇に贈った宝物を横取りしてしまった。

そのため根臣《ねのおみ》は、大日下王《おおくさかのみこ》が天皇を侮《あなど》り、縁談を断ったと報告した。これを聞いた安康天皇は怒って、大日下王《おおくさかのみこ》を殺した。さらに大日下王《おおくさかのみこ》の妻であった長田大郎女《ながたのおおいらつめ》を連れてきて自分の皇后に立て、若日下部命《わかくさかべのみこと》を若建命《わかたけのみこと》の妻にした。

この長田大郎女《おおいらつめ》と大日下王《おおくさかのみこ》との間には、目弱王《まよわのみこ》という七歳の子がいた。まもなく目弱《まよわの》王《みこ》は、天皇が父を殺したことを知った。そこで、かれは安康天皇が眠り込んでいるところに忍びより、天皇を討った。かれはこのあと葛城氏をたより、都夫良意富美《つぶらのおおみ》の屋敷に逃げ込んだ。

この話を聞いた若建命《わかたけのみこと》は、悲しみ怒った。かれは兄の黒日子王《くろひこのみこ》のところに行って「兄の敵《かたき》を討とう」と言った。ところが黒日子王《くろひこのみこ》は、他人事のように話を聞いて動こうとしなかった。そこで、若建命《わかたけのみこと》はかれを斬り殺した。若建命《わかたけのみこと》はもう一人の兄、白日子王《しろひこのみこ》のところに行ったが、白日子王《しろひこのみこ》もたよりにならなかった。このとき若建命《わかたけのみこと》は烈火のごとく怒り、殴ったり蹴ったりして兄を殺し、その下半身だけを地面に埋めて、上半身を地上に出させる形をとって白日子王《しろひこのみこ》を晒《さら》し者にした。

若建命《わかたけのみこと》はこのあと独力で軍勢を集め、都夫良意富美《つぶらのおおみ》の屋敷を攻めたてた。都夫良意富《つぶらのおお》美《み》も応戦したが、若建命《わかたけのみこと》の軍がしだいに優勢になっていった。次の大王と目されていた若建命《わかたけのみこと》につく者が、多かったためである。大勢《たいせい》が決しかけたときに若建命《わかたけのみこと》は、自分が都《つ》夫良意富美《ぶらのおおみ》の娘の訶良比売《からひめ》を妻にむかえる約束をしていたことが気になってきた。そのためかれは味方の軍勢を退かせた。このあと戦う意志のないことを示すために矛を杖にして、都夫良意富美《つぶらのおおみ》の屋敷に向かって語りかけた。

二五　目弱王の反乱

（本文の訳文）


「都夫良よ。私と言い交わした娘は、この家にいるのか」

若建命《わかたけのみこと》の声を聞いて、都夫良意富美《つぶらのおおみ》が門の外に出てきた。かれは戦意がないことを相手に伝えようと腰に吊るした大刀を地面においた。そしてていねいに八度も頭を下げて、若建命《わかたけのみこと》にこう申し上げた。

「娘の訶良比売《からひめ》は、王子《みこ》さまにさし上げます。また葛城の五ヶ所の屯倉《みやけ》（領地の村落）も、結婚の贈り物として娘につけてさし上げましょう。

しかし私は、王子さまに降参するわけにはいきません。これまで臣下の者が王子たちの屋敷に逃げ込んだ例は、いくつもあります。しかし貴い王子が臣下をたよってこられた例は、聞いたことがございません。

私が若建命《わかたけのみこと》さまに勝つことはできますまい。しかし私一人をたのみに身をお寄せになった、幼い王子さまを見捨てることはできません」

都夫良意富美《つぶらのおおみ》は、再び大刀を帯びて屋敷に入って行った。若建命《わかたけのみこと》はすぐさま、矢を激しく射かけさせて攻めたてた。都夫良意富美《つぶらのおおみ》の軍勢の矢は、やがて尽きはてた。手傷を負った都夫良意富美《つぶらのおおみ》は、乱戦のなかでようやく目弱王《まよわのみこ》をみつけてこう言った。

「私は痛手をうけて、もう戦えません。いかがいたしましょうか」

これに対して目弱王《まよわのみこ》は、落ちついた声でこう答えた。

「それではもう仕方がない。こうなれば私を、死なせてくれ」

この言葉のあと、都夫良意富美《つぶらのおおみ》は目弱王《まよわのみこ》とともに命を絶った。

解説

41　葛城氏の後退

葛城氏は、多くの后を王家に送り込んで繁栄した。しかし葛城氏は、五世紀に衰退した

葛城氏系図

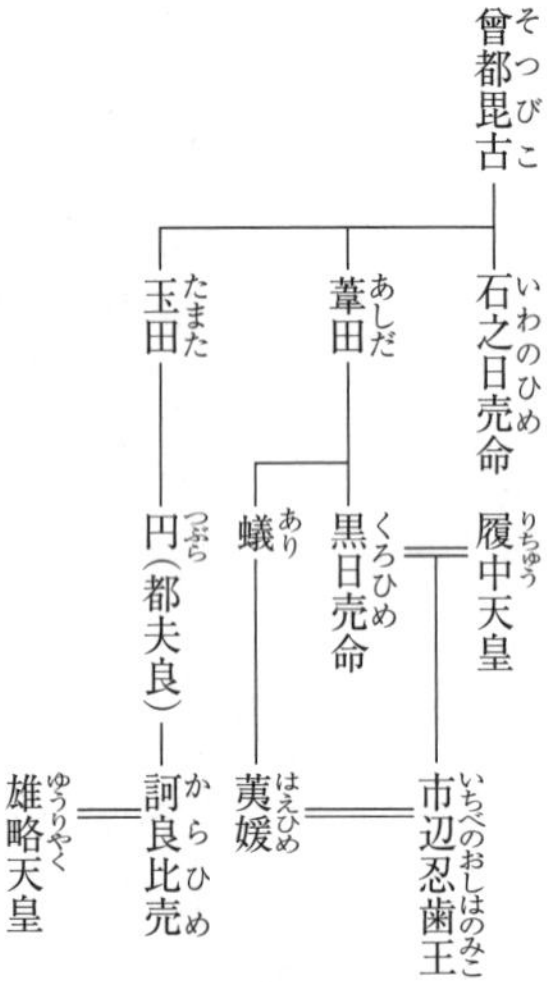

葛城の古墳

葛城の南方	葛城（馬見古墳群）
	巣山 204m
室大墓 238m	新木山 200m
	大塚山 195m

と考えられる。『古事記』や『日本書紀』は、雄略天皇が都夫良《つぶらの》(円)意富美《おおみ》を討ったことを大きくとり上げている。

葛城氏の嫡流が大王の身内争いにまき込まれて滅んだのは、事実であろう。奈良盆地の南西部にある葛城の古墳の動向も、このことと関連した動きをみせている。

葛城の馬見《うまみ》古墳群では、四世紀末に巣山《すやま》古墳などの有力な古墳が出現した。ついで五世紀にも、いくつかの大型古墳がつくられた。ところが五世紀末を最後に、葛城には大型古墳がみられなくなっている。

葛城氏の嫡流が滅んだのちに、その傍流が巨勢《こせ》氏、蘇我氏などと名乗って活躍をはじめた。

（物語の続き）


若建命《わかたけのみこと》は目弱王《まよわのみこ》を討ったあとで、従兄の市辺之忍歯王《いちのべのおしはのみこ》を殺した。かれが自分の地位を脅かす、有力な王族だったからである。

このあと若建命《わかたけのみこと》は大王となって天下を治めた。雄略《ゆうりゃく》天皇である。かれが后の若日下部命《わかくさかべのみこと》を訪ねに出かけたときに、大王の宮殿のような立派な堅魚木《かつおぎ》（屋敷の飾り）をつけた家をみつけた。それが志幾《しき》の大県主《おおあがたぬし》の家だと聞いた大王は、地方豪族のくせに思い上がるなと怒った。このとき大県主《おおあがたぬし》は、立派な白い犬を献上して詫び、ようやく許された。

雄略天皇はあるとき、大和の美和《みわ》川（桜井市）のほとりで、引田部赤猪子《ひけたべのあかいこ》という娘に出会った。大王はその娘に「いずれ后にむかえよう」と言ったが、そのことをすっかり忘れてしまった。引田部赤猪子《ひけたべのあかいこ》は何年もお召しがくるのを楽しみにしていたが、老年になって待ちきれずに雄略天皇を訪ねてきた。

引田部赤猪子《ひけたべのあかいこ》をみた雄略天皇は昔の約束を思い出して、心から詫びた。そして「いまさら后にできないから」と言って、多くの贈り物をもたせて彼女を帰らせた。

あるとき雄略天皇は、多くの役人に儀式用の青い服と紅色の帯をつけさせて葛木山（御《ご》所《せ》市・大阪府南河内郡）に登った。すると向こうから、天皇の行列と同じ装いをした一行を従えた貴人がやってきた。

二六　葛城山の一言主神

（本文の訳文）


雄略天皇は驚いてお供の一人を送って、自分のお供とそっくりの行列の主人《あるじ》にこう尋ねさせた。

「この大和の国には、私のほかに王《きみ》と名乗れる者はいない。それなのに天皇のお供と同じ姿の行列を従えた、お前は何者だ」

すると相手が、同じことを問い返してきた。

雄略天皇は怒って弓矢を構え、お供の者たちにも矢をつがえさせた。すると相手の行列も、同じように戦《いく》さ仕度《じたく》をした。戦いの準備が整ったところで天皇は、大声で相手に呼びかけた。

「さあ名を名乗れ。お互いに名乗り合ったところで、矢を放って戦さを始めよう」

すると相手は、葛城山の樹々に響きわたる威厳のある声でこう仰せられた。

「先に問われたわしが、まず名乗ろう。わしは悪い事もただ一言、善《よ》い事もただ一言だけお告げを下す神、つまり葛城の一言主《ひとことぬし》の大神《おおかみ》である」

これを聞いた雄略天皇は、すっかり畏《おそ》れいった。天皇はただちにその神に、恭々《うやうや》しくこう申し上げた。

「有難いことです。神さまが、お姿をおみせ下さるとは。まるで夢のような出来事であります」

雄略天皇は神を伏し拝み、自分の大刀や弓矢を捧げた。さらに役人に命じて白色のふだん着の上につけていた青い礼服を脱がせて、神への献上品とした。

一言主神は、手を打って喜ばれ、それらの品物をお受け取りになられた。

天皇がお帰りになるときに一言主神は山の登り口まで降りてこられた。そして、天皇が王宮のある長谷《はせ》の山の麓につくまでお見守《みまも》りになられた。

解説

42　葛城の一言主神

御所《ごせ》市に、一言主神社がある。一言主神をまつるこの神社は、平安時代に編纂された『延喜式《えんぎしき》』にも出てくる古代の有力な神社であった。

葛城氏（一七五頁参照）が氏神としてまつった葛城山の神が、一言主神であった。雄略天皇は王位につく直前に、葛城氏の嫡流を滅ぼした。

以後王家が、それまで葛城氏が独自に行なっていた一言主神の祭祀の主導権を握ったのであろう。このことによって、雄略天皇と一言主神が出会った話がつくられた。

『日本書紀』には、雄略天皇が一言主大神とともに狩りを楽しんだ話が記されている。帰りに一言主神はわざわざ、雄略天皇を見送ったという。『日本書紀』は、この一件のあと人びとが、雄略天皇を「有徳の天皇」と呼ぶようになったと記している。

葛城都夫良が滅んだ（一七五頁参照）あとも、葛城氏は続いていた。都夫良の血縁者の誰かが、葛城の氏《うじ》をついだのであろう。しかし雄略天皇の時代以後の葛城氏は、王家の監督のもとで一言主神の祭祀を行なうようになった。

一言主神は、神託を下す神である。そのためのちに、大国主神《おおくにぬしのかみ》の子供の事代主神《ことしろぬしのかみ》と同一の神だと考えられるようになった。事代主神《ことしろぬしのかみ》は、国土を治める大国主神《おおくにぬしのかみ》の言葉（事）を治め（代）つかさどる（主）役目を担う神として構想されたものである。

古代の大和の一部に、事代主神《ことしろぬしのかみ》信仰が広がっていた。この事代主神《ことしろぬしのかみ》は、三輪山の大物主神《おおものぬしのかみ》の言葉を伝える神であったかもしれない。


（物語の続き）


雄略天皇は王宮の近くの槻《けやき》の巨木の下で、宴会を行なった。このときに三重婇《うねべ》という、大王の側室で平素は中級の女官の仕事に従事する者がささげた盃に、槻の葉が一枚入っていた。

天皇は大いに怒ったが、婇《うねべ》は気のきいた和歌を歌って許された。

雄略天皇が亡くなると、王子の白髪大倭根子命《しらがのおおやまとねこのみこと》が大王になった。清寧《せいねい》天皇である。この大王には兄弟も子供もいなかった。そのため清寧《せいねい》天皇が亡くなると、市辺之忍歯王《いちのべのおしはのみこ》の妹の忍海郎女《おしぬみのいらつめ》が、大王の職務を代行することになった。

白髪命（清寧天皇）と意祁王（仁賢天皇）、袁祁王（顕宗天皇）の関係

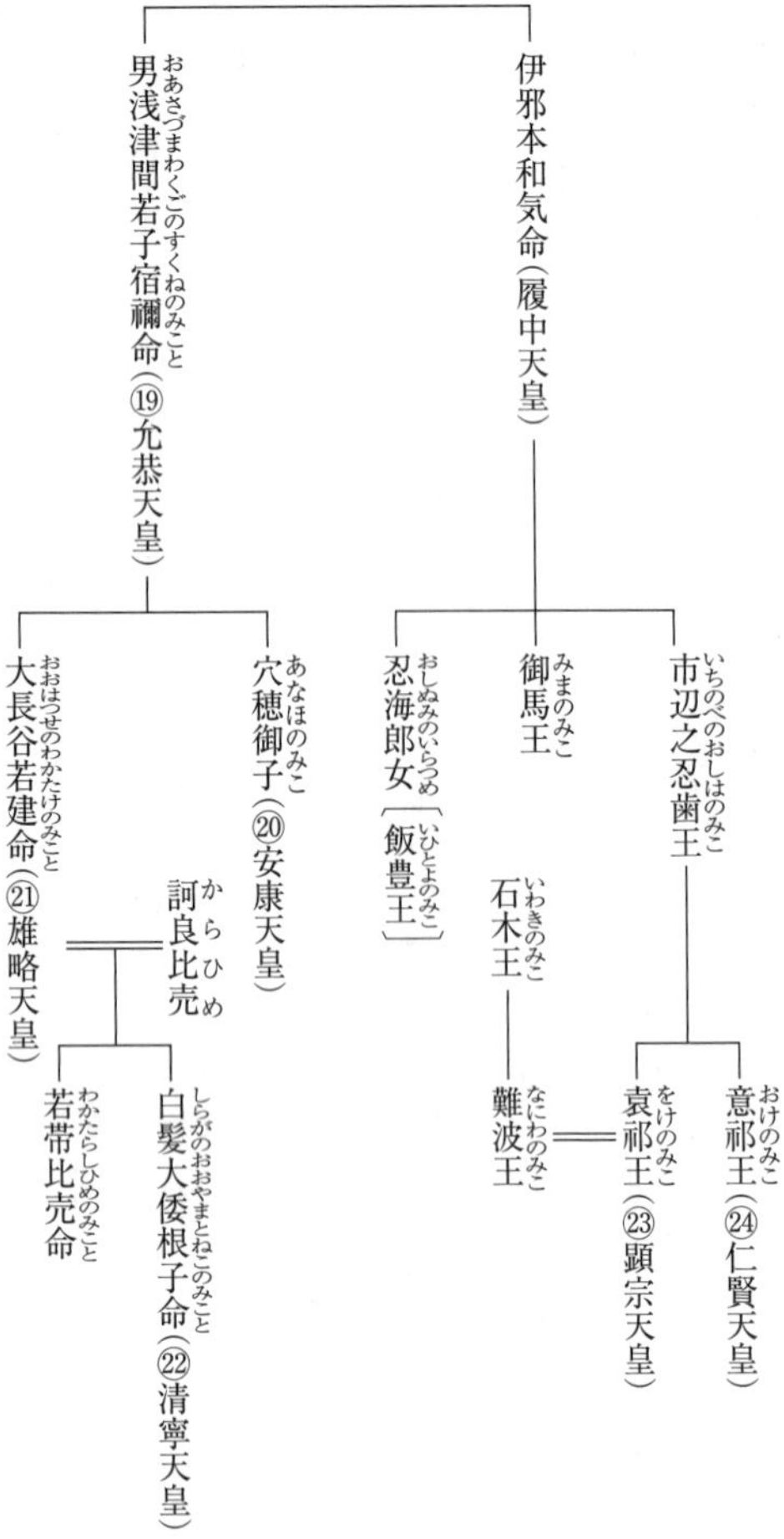

忍海郎女《おしぬみのいらつめ》は、役人たちに大王とすべき王族の男子を探すように命じた。
こういったなかで山部連《やまべのむらじ》小楯《おたて》という者が、播磨国を巡視《じゅんし》する使者に任じられた。

かれが播磨の志自牟《しじむ》という者の新築祝いの宴会に招かれたときのことである。
酒席にいるみんなが代わる代わる舞いを演じ、最後に竈《かまど》のそばで火焚きをする役目の兄弟に舞いの番がまわってきた。
まず兄が、一曲舞った。そのあとで弟が、舞いをみせることになった。

二七　二王子発見

（本文の訳文）

弟は舞いを始める前に、高らかな声でつぎの和歌を歌った。じつはこの兄弟は雄略天皇に殺された市辺之忍歯王《いちのべのおしはのみこ》の王子であった。兄の名前を意祁王《おけのみこ》、弟の名前を袁祁王《をけのみこ》といった。現代語では二人の名前は同じ音になるが、古代には意《お》と袁《を》が区別されていた。

丈夫《ますらお》の帯《お》ぶ　朱塗りの柄《つか》と

赤き緒《お》をもつ　大刀《たち》を以《も》て
深山《みやま》に生《は》うる　竹《たけ》を伐《か》り取り
しつらえ上げし　よき琴の
調《しら》べに似たる　秀《ひで》し大王《おおきみ》
伊邪本和気《いざほわけ》なる　天皇《すめらみこ》ぞ
御子《みこ》は市辺《いちのべ》　押歯《おしは》の王子《みこ》ぞ
われら二人は　王子《みこ》の裔《すえ》

この歌を聞いて驚いた小楯《おたて》は、ころがり落ちるように主人《あるじ》の志自牟《しじむ》が用意した上座から降りて二人の王子に平伏《へいふく》した。かれはその場にいた者たちに、ただちに部屋から出るように命じた。そのあとで、小楯《おたて》は二人の子供を左右の膝に抱きかかえた。子供たちとじゃれる姿をみられるのが、恥ずかしかったからだ。

小楯《おたて》は二人の王子のそれまでの辛苦を察して、涙をこぼしていた。このあと小楯《おたて》は人びとを集めて仮の宮《みや》を建てさせ、王子たちをそこにお移しした。

それとともに、早馬の使者を大和に送った。忍海郎女《おしぬみのいらつめ》に、天皇の血をひく者がみつかったことを報告したのだ。忍海郎女《おしぬみのいらつめ》は自分の甥が生きていたことを知って、大喜びした。彼女はすぐさま立派な行列を仕立てて、二人の皇子を大和にむかえにやらせた。

解説

43　雄略天皇のあとの王家

二王子発見の物語は、生き生きとした描写に富んだ歌物語の形をとっている。この話は、実際に王家に起こった出来事であろうか。それとも王家に関係ない伝説が、「旧辞」が整えられていくなかで王家の物語にとり込まれたものであろうか。

この疑問に答えるのは、難しい。古くから伝わる和歌の主人公の名前が、「伊邪本和気《いざほわけ》の王子の市辺之忍歯《いちのべのおしは》の子」とは別の名前であった可能性もあるからだ。それを、袁祁《をけ》の出自をあらわす名前に書きかえるのはたやすい。

五世紀はじめに本拠を河内に遷した王家は、六世紀後半の五七〇年代に最盛期をむかえたと考えられる。この時期に、日本最大の古墳である仁徳天皇陵《にんとくてんのうりょう》（大仙《だいせん》）古墳が築かれた（二五二頁の図参照）。

古墳の年代からみて、仁徳天皇陵古墳が五世紀はじめの仁徳天皇を葬ったものでないことは明らかである。文献に出てくる天皇陵を実在する古墳のいずれかにあてる作業は、おもに明治時代初年に行なわれた。そのためにそのときの推測に、誤りも少なくない。

仁徳天皇陵古墳は、有力な大王であった雄略天皇のためにつくられたものとみても誤りではあるまい。仁徳天皇陵ができたあとの河内の古墳は、しだいに縮小していった（一五二頁の図参照）。

雄略天皇の没後の王家には、内紛が続いたのであろう。そして六世紀はじめに継体天皇がその混乱を鎮めた。

雄略天皇と継体天皇の間の、清寧《せいねい》天皇、顕宗《けんそう》天皇、仁賢《にんけん》天皇、武烈《ぶれつ》天皇の四代の大王は影が薄い。『古事記』や『日本書紀』は、この期間に相当する部分の確かな記事をほとんど残していない。

雄略天皇と継体天皇の間に立った大王は、本当に四人だけであったのだろうか。古墳のあり方からみれば、この時代に六人か七人の大王がいたように思える。継体天皇が王位を継承したいきさつについても、謎が多い。

「雄略天皇の没後に、何人もの王族が立って王位争いを繰り広げた。ときには、複数の大王が立った例もみられた。この闘いに勝ち残ったのが継体天皇であった」

こういった考えをとるのが妥当ではあるまいか（二〇二頁も参照）。

44　『古事記』と貴種流離譚

古代の知識層は、貴種流離譚《きしゆりゆうりたん》を好んでいたと考えられる。そのため『古事記』には、貴種流離譚の形式をとる伝説が多く収められることになった。

つぎのような形式をふまえてつくられた物語が、貴種流離譚である。

①貴い身分の若者が、何かのはずみですべてを失って不幸のどん底に落とされる。
②その若者は一介の庶民となって多くの辛苦を体験するが、笑顔を忘れず、周囲の者にあたたかく接する日常をおくる。
③若者が誰かを助けたことをきっかけに、若者の本当の出自が明らかになり、偉い人間の引き立てをうけて幸福になる。

このような話のなかには、つぎのような形で神仏のご利益にからめたものもある。そういった話は、①の部分を、大事に育てられて思い上がった若者が神仏の怒りをうけて零落

二王子が逃れた道

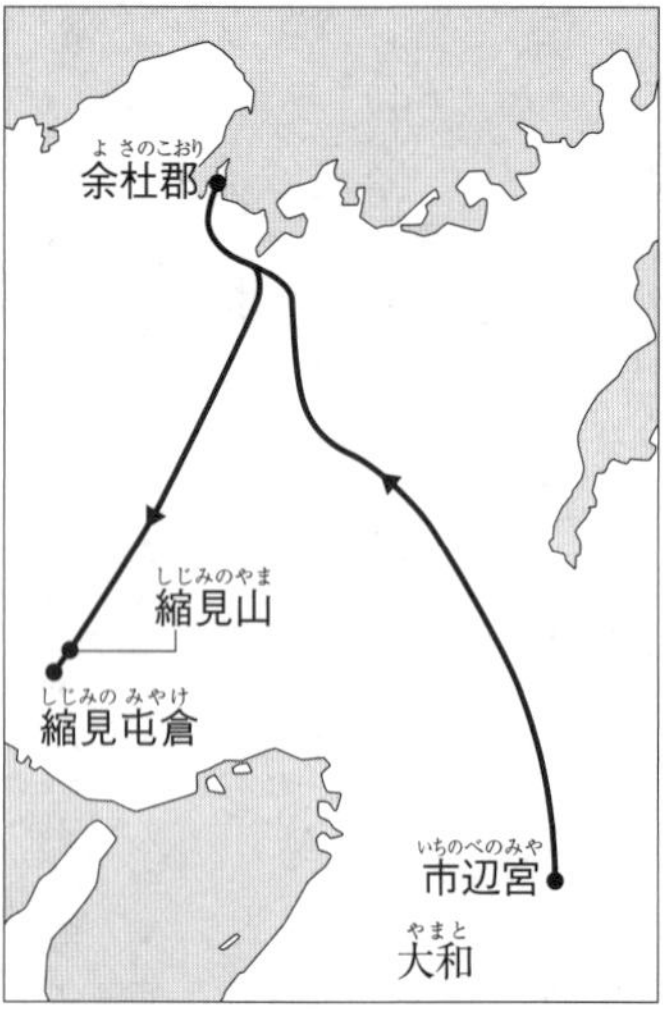

する形をとっている。そして②の部分が、若者が改心してよい人間になったために神仏の怒りが解ける話になっている。
王子であった意祁《おけ》と袁祁《をけ》は、父を殺されて父の近臣とともにあちこちさまよう。そして播磨国に流れて富裕な庶民の下級の雇い人になっていたが、朝廷の使者に身分をあかして大王としてむかえられる。二王子発見の話は、このようなわかりやすい貴種流離譚になっている。須佐之男神《すさのおのみこと》は高天原《たかまがはら》を追われたあと、八岐大蛇《やまたのおろち》を退治して立派な神になった。大国《おおくに》主神《ぬしのかみ》は兄たちに追われて、根国に行って苦難を受けたのちにそこで神宝を得た。倭建《やまとたけるの》命《みこと》は大王に疎《うと》まれて遠征に行かされたが、多くの苦難ののちに白鳥の神になった。
『古事記』をみていくと、このような貴種流離譚をふまえた話を多く拾うことができる。
日本の民話や物語（小説）にも、貴種流離譚をふまえたものが多い。一寸法師は小さな体でさまようが、鬼を退治して人なみの背丈をもつ立派な青年になる。『伊勢物語《いせものがたり》』では、主人公が都を追われて東国をさすらう「東下《あずまくだ》り」の部分が最大のみせ場になっている。

貴種流離譚は人びとに、

「どんなつらいときでもへこたれずに、すばらしい未来を信じて明るく生きよう」

と語りかける。日本人の心の底には、つねにこのような貴種流離譚を好む前向きの気質があった。


（物語の続き）


都の忍海郎女《おしぬみのいらつめ》のもとでは、平群臣《へぐりのおみ》の祖先にあたる志毘臣《しびのおみ》が権勢をふるっていた。「しび」というのは、「鮪」とも書くマグロをあらわす言葉である。

古代人のなかに、巨体をもつ海の暴れ者のマグロにあやかって強い力をつけようと考え、「しび」と名乗る者がいた。朴井連鮪《えのいのむらじしび》という人物が、大化改新直後に活躍している。また、大化改新で討たれた蘇我入鹿《いるか》の名前は、海のイルカにちなんだものである。

袁祁王《をけのみこ》が、王位につく前の話である。袁祁王《をけのみこ》は歌垣《うたがき》という、夜に若い男女が集まって求婚しあう行事に出かけた。袁祁王《をけのみこ》は前々から、歌垣では菟田首《うだのおびと》の娘の大魚《おうお》という美女に求婚しようと考えていた。ところが歌垣に行くと、その大魚が権勢ならびなき志毘《しび》と手を取りあっているのがみえた。袁祁王《をけのみこ》が大魚《おうお》に話しかけようとすると、志毘は袁祁王《をけのみこ》を侮《あなど》った和歌を袁祁王《をけのみこ》にしつこく詠みかけてきた。

二八　平群志毘を討つ

（本文の訳文）

夜が明けかけたので、袁祁王《をけのみこ》は最後にこう歌った。

平群《へぐり》の志毘《しび》よ　そちは魚《さかな》だ
海人《あま》（漁民）がお前を　突きにくる
いくら傲《おご》れど　海人《あま》には勝てぬ
志毘《しび》（マグロ）よすぐさま　去るがよい

これは自分を漁民にたとえて、いくら志毘が威張っていても大王の権威には勝てないとさとす和歌であった。しかし志毘はそれを一人の娘の取りあいに敗れた者の怨み節と侮って、あざ笑った。かれは尊大な態度で大魚《おうお》とともに、歌垣の場をあとにした。

そのとき袁祁王《をけのみこ》は、

「王家をないがしろにする志毘を、このままにしておくと、朝廷が一つにまとまらない」

と考えた。そのために御殿に帰って、朝早く兄の意祁王《おけのみこ》とはかりごとをめぐらした。このとき二人は、こう決心した。

「朝廷の役人たちは朝は王宮に出かけて、昼頃に志毘の屋敷に集まってくる。だからいまじぶんならば、志毘の屋敷には誰もきていない。志毘も疲れて眠っているだろう。いまが、事を起こす好機だ」

二人は手兵を集めて志毘の屋敷を囲み、かれの寝込みを襲って討ち取った。

解説

45　平群氏の後退

平群氏は葛城氏の同族の一つであったが、葛城氏の嫡流とはやや離れた血縁関係にあったらしい。平群氏の本拠は、葛城と少し離れた奈良盆地西部のほぼ中央、現在の平群町にあった。

平群氏系図

武内宿禰《たけしうちのすくね》——木菟宿禰《つくのすくね》——真鳥《まとり》——志毘《しび》（鮪）

平群氏は、雄略天皇のもとで全盛期をむかえた。葛城都夫良《つぶら》が若建命《わかたけのみこと》に滅ぼされたあと、平群真鳥《まとり》が大臣をつとめたためである。

しかし雄略朝と継体朝の間の混乱期に、平群氏の嫡流は滅んだ。

『日本書紀』は、平群氏の没落は顕宗《けんそう》天皇が王位につく直前ではなく、武烈天皇の治世の出来事だと記している。武烈天皇の命令によって、平群真鳥、志毘（鮪）の父子が討たれたというのだ。こちらの話では、歌垣で求婚された女性が、菟田首《うだのおびと》の娘の大魚《おうお》ではなく、物部連麁鹿火《あらかい》の娘の影姫《かげひめ》になっている。

『古事記』が意祁王《おけのみこ》と袁祁王《をけのみこ》が自ら平群志毘を討つ形をとるのに対し、『日本書紀』は武烈天皇が大伴連金村《かなむら》に平群氏を討たせたと記している。さらに『日本書紀』は、大伴連金村と物部連麁鹿火が越前から男大迹皇子《おおどのみこ》をむかえて、継体天皇にしたという。

金村と麁鹿火の二人は大連として、継体朝の政治を動かした。意祁王《おけのみこ》、袁祁王《をけのみこ》の兄弟が平群氏を討った話は、事実であったとも事実でなかったとも決め難い。大伴金村が物部氏と結んで平群真鳥、志毘を討った事件の主人公が、意祁王《おけのみこ》、袁祁王《をけのみこ》の兄弟や武烈天皇におきかえられたとも考えられるからだ。

(物語の続き)


兄の意祁王《おけのみこ》は、「播磨で名乗り出たお前が最初に大王になるべきだ」と言った。そのために袁祁王《をけのみこ》が王位について、顕宗天皇になった。かれは父の市辺之忍歯王《いちのべのおしはのみこ》の亡骸を探し出させて、立派な墓をつくって葬った。そして遺体のある場所を教えてくれた置目《おきめ》という老女をあつくもてなした。

さらに顕宗天皇は、父の敵《かたき》である雄略天皇の御陵を破壊して平地にしてしまえと命じた。このとき意祁王《おけのみこ》が「私が墓を壊しにまいりましょう」と名乗り出た。

意祁王《おけのみこ》はお墓の土を一握りだけ掘って、帰ってきた。大王がそうしたわけを聞いたところ、意祁王《おけのみこ》はこう答えた。

「たとえ父を殺した人間でも、大王をつとめた者の墓をむざんに打ち壊してはなりません。だから少しだけ土を掘って、恥をかかせました。これで私たちも父の無念を晴らせて、しめしがつけられます」

大王は兄のその言葉を、喜んで受け入れた。

顕宗天皇が亡くなると、仁賢《にんけん》天皇が王位をついだ。このあと『古事記』には仁賢天皇と武烈天皇、継体天皇、安閑《あんかん》天皇、宣化《せんか》天皇、欽明《きんめい》天皇、敏達《びだつ》天皇、用明《ようめい》天皇、崇峻《すしゅん》天皇、推古《すいこ》天皇に関わる系譜が書かれている。

しかし仁賢天皇以後の十代の天皇の時代の物語は、『古事記』に記されていない。ただ継体天皇の部分に、笠紫君《つくしのきみ》の石井《いわい》の反乱に関するつぎのような簡単な記事がみえる。

「この御世に筑紫君石井が天皇の命令に従わず、多くの無礼なことをした。そのために物部連荒甲《あらかい》（麁鹿火）と大伴連金村の二人を送って、石井を斬らせた」

これによって磐井《いわい》（石井）の反乱が、『古事記』が書かれた時代まで重大事件とされていたありさまがわかる。

解説　『古事記』と『日本書紀』

古い伝承を伝える『古事記』

『古事記』は、現在伝わる日本最古の歴史書である。『日本書紀』がそれにつぐ、古いものになる。

『古事記』と『日本書紀』は、七世紀末の天武《てんむ》天皇の命令をうけて長い年月をかけてつくられた（一九六頁下図参照）。しかし両者の性格は、かなり異なっている。

三巻からなる『古事記』は、太安万侶《おおのやすまろ》がまとめた、全体で一つの流れをもつ物語である。これに対して『日本書紀』は三十巻の大部な、朝廷の公式の歴史書である。

『日本書紀』の記事のなかには、もとの伝承をその時代の権力者の都合のいいように書き改めたものもみられる。さらに『日本書紀』には、本文と異伝を書き並べた部分もある。異伝は、「一書曰《あるふみにいわく》」として記される。

とくに神話の部分には、段落ごとに多くの異伝が載せられている。本文だけをつないだものが『日本書紀』の本体であろうが、異伝のなかにも貴重な記事がある。

『古事記』と『日本書紀』の比較（上）と作成の流れ（下）

	『古事記』	『日本書紀』
完成時期	712年	720年
巻数	全3巻	全30巻+系図1巻（系図は現存せず）
編者	「帝紀《ていき》」「旧辞」を誦み習わした稗田阿礼《ひえだのあれ》が語ったものを、太安《おおのやす》万侶《まろ》が筆記。	川嶋皇子《かわしまのみこ》ら6人の皇親《こうしん》と中臣《なかとみの》連大島《むらじおおしま》ら6人の官人によって編纂を開始。舎人親王《とねりしんのう》らが引き継ぎ完成。
性格	物語風歴史	中国風の正史
収録機関	天地初発～推古《すいこ》天皇	天地開闢《かいびゃく》～持統《じとう》天皇
表記	日本漢文体	漢文体
その他	●大国主神を中心とした出雲神話を重点的に紹介。	●中国思想の影響がある。 ●天皇支配の正当性を主張。 ●豪族の伝承を多く取り込む。

年代	出来事
天武3～6年頃（674～677頃）	天武天皇が稗田阿礼に「帝皇《ていおう》の日継《ひつぎ》」（「帝紀」）と「先代の旧辞《ふるごと》」（「旧辞」）を誦み習わせる。
天武10年（681）	天武天皇が川嶋皇子らに「帝紀および上古《じょうこ》の諸事《しょじ》」を記し定めるように命じる。
朱鳥元年（686）	天武天皇が没す。この頃に阿礼の仕事はほぼ完成していた。
慶雲2年（705）	この頃、舎人親王が『日本書紀』作成の責任者になる。
和銅4年（711）	元明《げんめい》天皇が、阿礼がまとめた「旧辞」を太安万侶に書き記させる。
和銅5年（712）	『古事記』が完成する。
和銅7年（714）	紀清人《きのきよひと》と三宅藤麻呂《みやけのふじまろ》が『日本書紀』作成の担当者に加わる。
養老4年（720）	舎人親王らが『日本書紀』を完成させて元正《げんしょう》天皇にさし出す。

「帝紀」と「旧辞」

『古事記』は、「帝紀」、「旧辞」と呼ばれる文献をもとにつくられた。『古事記』の作製のときに「帝紀」にも「旧辞」にも、異なる内容を記したいくつもの異本《いほん》があった。編者の太安万侶《おおのやすまろ》は手間をかけてそれらを整理して、筋の通った書物をつくった。

「帝紀」は、王家の系図である。王家の系図づくりは中央に漢字が広まりはじめた、五世紀なかば頃にはじまったと思われる。そして聖徳太子が断片的な系図を集めて、七世紀はじめに「国史」をまとめた。この「国史」のごく一部が「上宮記」（一一二頁参照）の名前で伝わっている。この「上宮記」にさまざまな加筆がなされて、複

「帝紀」の成り立ち

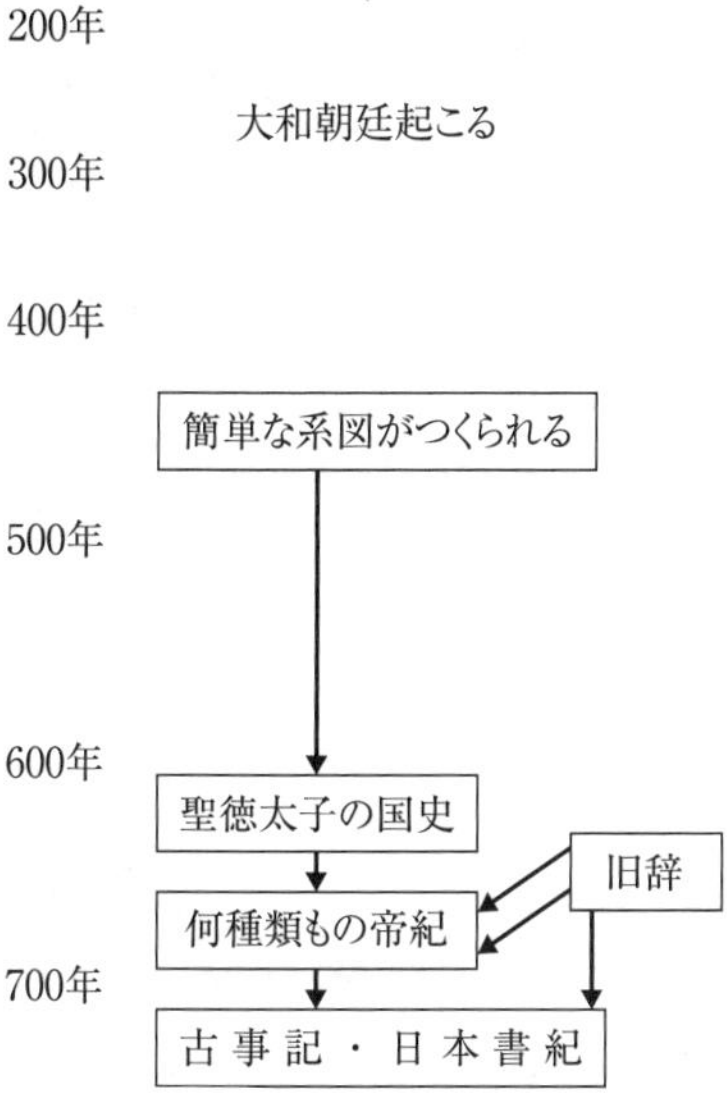

『日本書紀』神代上・下の構成と書かれ方

	構成	おもな内容	一書の数
神代上	第一段	神世七代《かみよななだい》の前半三代	6
	第二段	神世七代の後半四代	2
	第三段	神世七代の説明	1
	第四段	国生み	10
	第五段	自然神と三貴子《さんきし》の誕生	11
	第六段	誓約《うけい》	3
	第七段	天岩戸《あまのいわと》	3
	第八段	八岐大蛇《やまたのおろち》退治※	6
神代下	第九段	国譲りと瓊瓊杵尊の結婚	8
	第十段	海幸《うみさち》・山幸《やまさち》の物語	4
	第十一段	神武《じんむ》天皇の誕生	4

※『日本書紀』の本文では大国主命の国づくりの話が省略されているが、それは第八段の第六の一書に記されている。

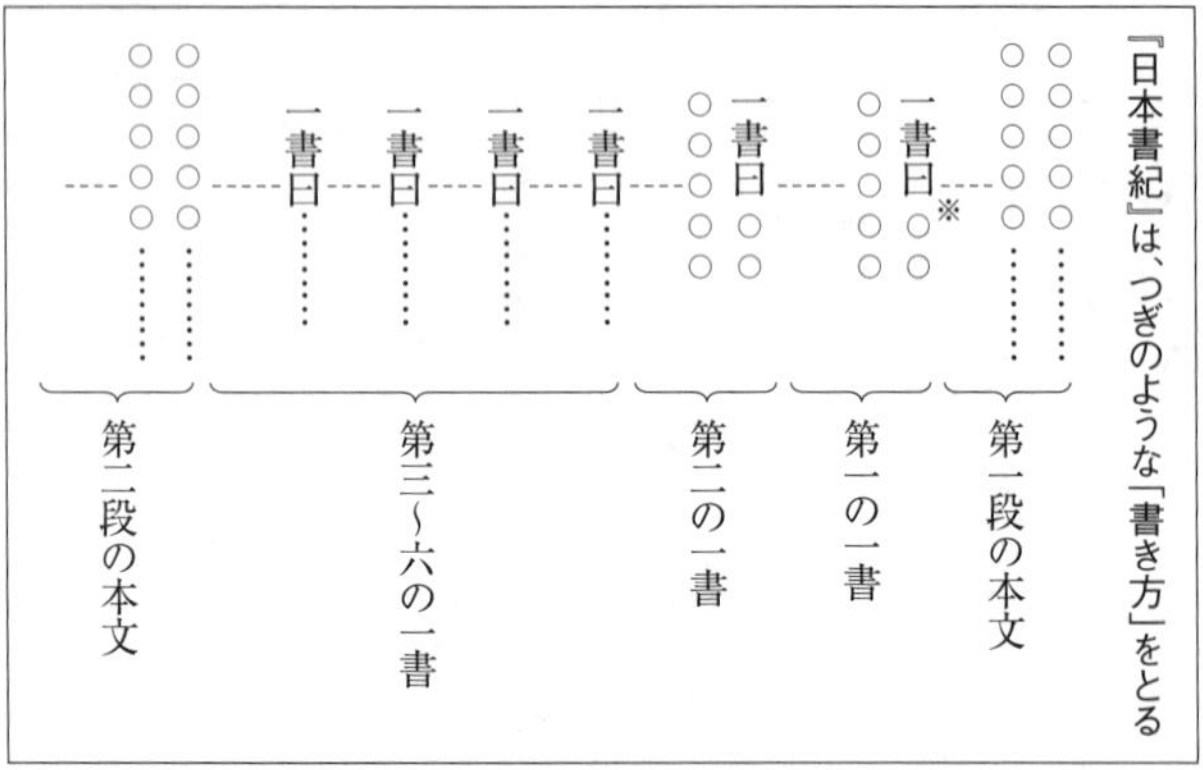

※「あるふみに曰《いわ》く」と読む。

数の「帝紀」がつくられたのだ。
一方「旧辞」は、口伝で大和朝廷につたわった多くの和歌を核につくられた歌物語や物事の起源を語る伝承をもとに、七世紀なかば頃にまとめられたものらしい。それは歴史書であるとともに、「神とは何か」、「人間は神とどう関わるべきか」を朝廷の知識層に教える書物であった。また、子供や青少年に、人間らしい生き方を自ら学ばせる日本流の哲学書としても用いられた。

「旧辞」の成り立ち

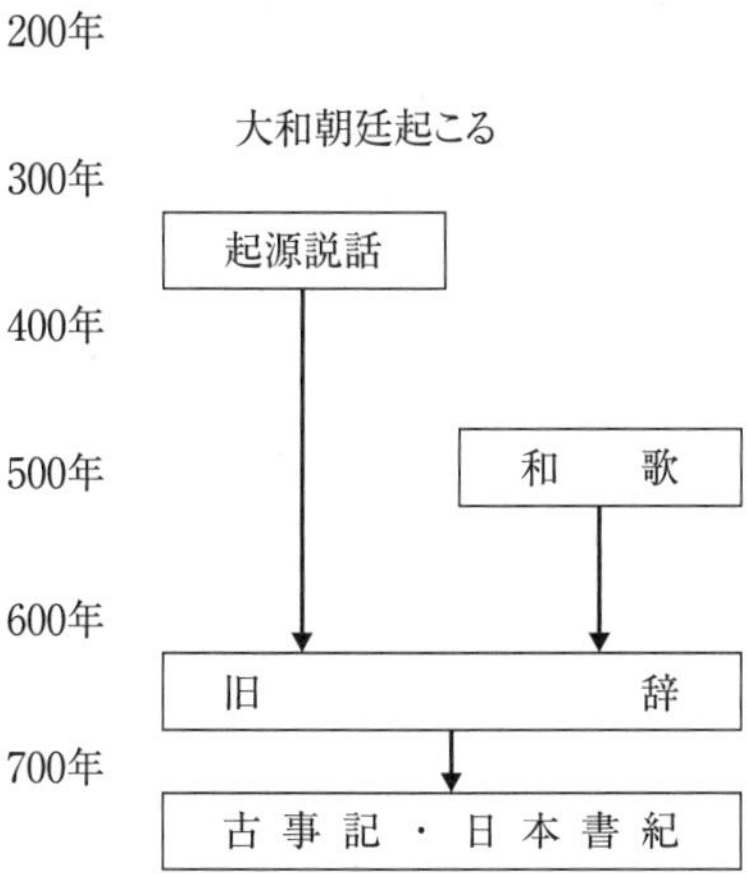

このような「旧辞」が完成した直後から、何人もの人間がそれに加筆して、さまざまな「旧辞」（歴史物語）がつくられ、伝えられていった。
『古事記』は「旧辞」にもとづく物語の部分と、「帝紀」を写した王家の系譜を記す部分とを組み合わせてつくられている。
『古事記』が一人の天皇の記述のはじめに、その天皇に関わる系譜を記すことが多い。

そしてそのあとに、その天皇の時代におこったことを記す物語を並べる形がふつうである。

天皇号と天皇の尊称

『古事記』は初代の天皇から、天皇号を記している。しかし最初に天皇号と日本の国号を用いたのは、天武天皇であった。それ以前は大王《おおきみ》、大和《やまと》（倭）の語が使われていた。

本書では『古事記』の訳文に限って天皇号を用い、それ以外は大王、王家、大后、王子、王女などの語を用いる方針をとった。

さらに神武天皇、綏靖《すいぜい》天皇などの現在用いられている漢風《かんぷう》の諡号《しごう》（おくり名）が、奈良時代なかばにつくられたことも指摘しておきたい。淡海三船《おうみのみふね》という学者が、過去の天皇にふさわしい名称をつけたとする説もある。

漢風のおくり名が広く使われるようになるまでは、六世紀はじめから使用されてきた和風のおくり名が用いられていた。さらに和風のおくり名のない大王は、実名もしくは実名に尊称を付したものに「天皇《すめらみこと》」をつけた名前で呼ばれていた。

『古事記』では、三種類の天皇の名称の表記がみられる。

第一に「穴穂御子《あなほのみこ》（安康天皇）」といった形で、実名だけを記すものである。そして第二に「伊邪本和気命《いざほわけのみこと》（履中天皇）」のように、「和気（別）」の尊称を付した実名を出したものである。さらに第三のものとして、「広国押建金日王《ひろくにおしたけかねひのおおきみ》（安閑天皇）」のように、立派な和風のおくり名を記録する形である。

しかし本書では、読者の混乱を避けるために、『古事記』の訳文であっても、私たちがふつう用いる「神武天皇」などの表記をとった。それは「後世の人間が『神武天皇』と呼んだ伝説上の人物」という意味に、ご理解いただきたい。

王家の系図の書きかえ

『古事記』を読み解くために、その時代の大王の意図によって、王家の系図が何度にもわたって書きかえられたことを理解しておかねばならない。たび重なる書きかえによって、古い時代の正確な王家の系譜を知ることは不可能になってしまった。王家の系図で信頼できるのは、六世紀はじめの継体天皇以後の部分に限られる。

朝廷で漢字が用いられなかった時代には、「正確な系図を伝える」という発想はみられなかったと思われる。その時代には古い時代の大王の名前やその事績が、断片的な形で語り継がれていただけであった。

渡来人の知識層が朝廷での活躍が始まる五世紀なかばにようやく、王家の系図づくりがはじめられた。その頃の系図は、次のようなものではなかったかと思われる。

（いわれびこ）……みまきいりひこ（崇神天皇）――いくめいりひこ（垂仁天皇）――ほむたわけ（いささわけ、応神天皇）――大王の祖父――大王の父――大王
このなかのほむたわけ（いささわけ）は、「七支刀銘文」にみえる倭王旨《し》（ささ）に対応する実在が確実な大王である。

歌物語からみて、次の三人が五世紀に実在した大王である可能性が高い。

おおさざぎ（仁徳天皇）――わくご（允恭天皇）――わかたけ（雄略天皇）

これに名前が不明な大王を二人加えたものが、倭の五王である。「おしは」が、倭の五王の一人であった可能性もある。

中国の文献から実在が確かめられる倭王（大王）は、旨《し》に倭の五王を加えた六人である。三六〇年代から四七〇年代にかけて、その六人が大王の地位を継承した可能性は高い。しかし倭王旨《し》と倭王讃の間に、大王が一人いたとも考えられる。

四七〇年代末から五一〇年前後の朝廷は、混乱期であった。この短い期間に、六人もしくは七人の大王が立ったと考えられる。しかしこの時代の実在が確実な大王は、「おけ

（仁賢天皇）だけである。
聖徳太子が「上宮記」をまとめた七世紀はじめの時点で、継体天皇が立つより前の王家の正確な系図は失われていた。その頃まとめられた五世紀の王家の系図は、次のようなものであったとみられる。
おおさざぎ（仁徳天皇）――わくご（允恭天皇）――わかたけ（雄略天皇）――？――おけ（仁賢天皇）
七世紀なかばに倭の五王の系譜にならった形で、王家の系図の改変がなされた。そのときに、雄略天皇と継体天皇とをつなぐ部分も、書きかえられた。
反正天皇　安康天皇　清寧天皇　顕宗天皇　武烈天皇
この五人が、この時点で新たに王家の系譜に加えられたのであろう。

4、5世紀の倭王

年代	倭王
360	旨
370	
380	
390	
400	
410	
420	
430	讃
440	珍済
450	
460	
470	興 武
480	
490	
500	
510	（継体天皇?）

「たらしひこ」の名前をもつ倭建伝説と神功皇后《じんぐう》伝説に関わる人物が書き加えられるのは、天智《てんじ》天皇の治世の後半にあたる七世紀末であろう。七世紀はじめからなかばの大王が、「たらしひこ」のおくり名を与えられていた。さらに持統《じとう》天皇が亡くなった直後、七世紀のごく末に、欠史八代の系譜が整えられたとみられる。欠史八代に「やまとねこ」の名をもつ人物がいるが、持統天皇のおくり名に「やまとねこ」の尊称が使われていた。

王家の系譜は、『古事記』などの歴史書のなかのもっとも重要な部分であると考えられた。そのためそこに、何度にもわたる手の込んだ加筆がなされたのである。

主要参考文献（数社から刊行されているものは、そのうちの一社を記す）

『古事記』の現代語訳（＊を付したものには、注釈も記されている）

石川淳『新釈古事記』（筑摩書房）
次田真幸『古事記全訳注』（講談社）＊
荻原浅男・鴻巣隼雄『日本古典文学全集 古事記 上代歌謡』（小学館）＊
鈴木三重吉『古事記物語』（ＰＨＰ研究所他）
竹田恒泰『現代語古事記 決定版』（学習研究社）
中村啓信『新版 古事記現代語訳付き』（角川学芸出版）
福永武彦『古事記物語』（岩波書店）
三浦佑之『口語訳古事記〔完全版〕』（文藝春秋）
山口佳紀・神野志隆光『新編日本古典文学全集 古事記』（小学館）＊

『古事記』の注釈書

青木和夫・石母田正・小林芳規・佐伯有清『日本思想大系 古事記』（岩波書店）
神田秀夫・太田善麿『日本古典全書 古事記』（朝日新聞社）
倉野憲司・武田祐吉『日本古典文学大系 古事記　祝詞』（岩波書店）
倉野憲司『古事記全註釈』（三省堂）

西郷信綱『古事記注釈』（平凡社）
西宮一民『新潮日本古典集成 古事記』（新潮社）
本居宣長『古事記伝』（筑摩書房他）

日本神話に関するもの（★を付したものは先行の学説の紹介に力を入れた文献）
上田正昭『日本神話』（岩波書店）
大林太良『日本神話の構造』（弘文堂）
川副武胤『日本神話』（読売新聞社）
松前健『日本神話の形成』（塙書房）
松前健『日本神話の謎がよくわかる本』（大和書房）★
松本信広『日本神話の研究』（平凡社）
松村武雄『日本神話の研究』（培風館）
守屋俊彦『記紀神話論考』（雄山閣出版）
三品彰英『日本神話論』（平凡社）
森浩一『日本神話の考古学』（朝日新聞社）
柳田国男『海上の道』（筑摩書房他）

日本古代史に関するもの（☆を付したものは先行学説の紹介に力を入れた文献）
石母田正『日本古代国家論 第二部』（岩波書店）
井上光貞『日本の歴史 神話から歴史へ』（中央公論社）☆
井上光貞『日本古代国家の研究』（岩波書店）

江上波夫『騎馬民族国家』（中央公論社他）
太田亮『全訂 日本上代社会組織の研究』（邦光書房）
大津透『天皇の歴史 神話から歴史へ』（岩波書店）☆
岡田精司『古代王権の祭祀と神話』（塙書房）
折口信夫『古代研究』（大岡山書店他）
笠井倭人『研究史 倭の五王』（吉川弘文館）☆
岸俊男『日本古代政治史研究』（塙書房）
佐伯有清『日本古代の政治と社会』（吉川弘文館）
鈴木靖民『増補 古代国家史研究の歩み』（新人物往来社）☆
関晃『帰化人』（至文堂他）
田中卓『日本国家成立の研究』（皇学館大学出版部）
津田左右吉『日本古典の研究』（岩波書店）
直木孝次郎『日本古代の氏族と天皇』（塙書房）
新野直吉『研究史国造』（吉川弘文館）☆
平野邦雄『大化前代社会組織の研究』（吉川弘文館）
黛弘道『律令国家成立史の研究』（吉川弘文館）
水野祐『増訂 日本古代王朝史論序説』（小宮山書店）
護雅夫『遊牧騎馬民族国家』（講談社）
吉田孝『日本の誕生』（岩波書店）
吉井巌『天皇の系譜と神話』一・二巻（塙書房）
吉田晶『日本古代国家成立史論』（東京大学出版会）

【著者】
武光誠（たけみつ まこと）
1950年山口県防府市生まれ。東京大学大学院国史学科博士課程修了。文学博士。現在、明治学院大学教授。日本古代史を中心に日本文化を比較文化的視点で扱った研究に取り組んでいる。著書に、『天皇の日本史』『大和朝廷と天皇家』『一冊でつかむ日本史』『蘇我氏の古代史』（いずれも平凡社新書）、『知っておきたい日本の神様』（角川学芸出版）、『日本人なら知っておきたい名家・名門』（KAWADE夢新書）、『関ヶ原――誰が大合戦を仕掛けたか』（PHP新書）などがある。

平凡社新書647

一冊でわかる古事記

発行日――2012年7月13日　初版第1刷

著者――武光誠
発行者――石川順一
発行所――株式会社平凡社
東京都千代田区神田神保町3-29　〒101-0051
電話　東京（03）3230-6580［編集］
　　　東京（03）3230-6572［営業］
振替　00180-0-29639
印刷・製本―図書印刷株式会社
装幀――菊地信義

ISBN978-4-582-85647-7
NDC分類番号210.3　新書判（17.2cm）　総ページ208
平凡社ホームページ　http://www.heibonsha.co.jp/